社区书记

谢兰

赵域舒 —— 著

图书在版编目（CIP）数据

社区书记谢兰 / 赵域舒著 . -- 重庆：西南师范大学出版社，2021.4（2021.8 重印）
ISBN 978-7-5697-0850-9

Ⅰ.①社… Ⅱ.①赵… Ⅲ.①散文集—中国—当代 Ⅳ.① I267

中国版本图书馆 CIP 数据核字（2021）第 071249 号

社区书记谢兰

赵域舒　著

责任编辑：李　君　李晓瑞
责任校对：秦　俭
装帧设计：重庆允在商务信息咨询有限公司
供　　图：重庆市两江新区宣传部、张坤琨、熊彩云、宋芙蓉
印　　刷：重庆荟文印务有限公司
幅面尺寸：145mm×210mm
印　　张：10
字　　数：232 千字
版　　次：2021 年 4 月　第 1 版
印　　次：2021 年 8 月　第 3 次印刷
书　　号：ISBN 978-7-5697-0850-9
定　　价：68.00 元

本书如有印刷、装订等质量问题，本社负责调换
版权所有，请勿擅自翻印和用本书制作各类出版物及配套用书，违者必究

序

谢兰的办公室

我是个路痴，去过谢兰的办公室很多次，每次都要问路，而邢家桥社区的居民总是很热情：

"那边那边，你先左拐再右拐，那里那里，那个牌牌，看都看得到。"

"那里那里，那个红车车那里也。"

"那里那个抱起娃儿的那个旁边，对头对头，就是那里。你往高头走就是了。"

基本上，他们每一个人都是问一句回答十几句。

曾经听一个邢家桥居民自嘲他们这个社区的居民"又穷又恶"，因为是最早拆迁的，拿到的补偿最低……我不禁狐疑，这难道就是传说中"又穷又恶"的邢家桥人？

经过一排按摩刮痧踩背、洗剪吹一条龙、小面豌杂和维修家电的店铺，抱起娃儿晒太阳的，一块"关注民生聚焦两会——2020年全国政府两会工作报告解读"的大红色宣传栏赫然入目，旁边是社区的财务公开栏，清清楚楚张贴着社区的资产负债表、收入支出表、社区工作者补贴发放表、经费支出明细、固定资产清查总表、社区自有固定资产明细、资产租赁收入明细表等等，还有社区的政务信息，包括安全稳定、计划生育、劳动就业、社会保障、民政救助、城市低保……

走到二楼，墙上密密麻麻挂着用相框装好的各种报纸，都是媒体对谢兰的报道。

这就是邢家桥街上的社区办公室。这里的社区书记谢兰，获得2019年度"全国三八红旗手"称号，2019年还曾获"感动重庆十大人物""重庆市优秀共产党员""重庆好人"等称号，并获得了"两江新区突出贡献奖"。

走进二楼社区书记谢兰办公室的时候，她的办公室照例围满了人。

"谢二妹，我给你说嘛，周掰掰（化名）不让整他屋门口那个事情，我们去跟他说，我们几十个人去跟他说，还不得行？现在全部都弄得恁个规规整整了，凭啥子他门口不准弄？再说政府也够对得起他了，以前他煮面还要提一桶水出来往里面倒，现在水龙头直接接到他面锅上面，他水龙头一开就行了，政府也给他想得够周到了噻。"

有居民跟我解释，周掰掰是街口那家开面馆的。

"谢二妹，我们全部都愿意安电梯，你想嘛，恁个好的事，政府出60%，我们各人出40%，最关键的是，我妈说的，她都72岁了，也要抓紧时间享受几年噻。"

"是噻，我们也享受一下电梯噻。"

谢兰回过头来告诉我，去年"农转非"的16栋27单元，涉及安置房488套室内整治都完成了，屋外整治也基本完成，2020年涉及的就是国庆节后电线"下地"，还有就是按老旧小区提升改造新的文件进行电梯安装和环境改造提升。安装电梯，是指拿到房地产权证10年及以上的，房屋楼层在四层及以上的，如果全部或者三分之二业主同意，就可以提出申请，看安不安得上，安得上的话，政府出 60% 的费用，居民出 40%。环境改造提升，是针对 2000 年以前的房子，也要大家申请。

"谢二妹，恁个，你还是跟我一起去走一趟，看下门口是不是栽罗汉松。"

"谢二妹，我给你说嘛，门口栽一棵黄桷兰也好看。"

"我觉得那个花坛头栽一排杜鹃可以，颜色鲜艳些。"

居民三三两两议论着社区种啥子花好看。

"昨天我们亲戚来耍，还说我屋头地砖好看，插座安得多，很方便，我说都是我们社区给我们弄的，把我们亲戚羡慕惨了。他说的，党对你们好喔。哈哈。"

"现在住起是安逸噻。"

"还有，谢二妹，我把这个中药给你熬好了的，你要记到起每天喝，你莫恁个哈戳戳的，天天去劝这个屋头两口子割业吵架，那个屋头娃儿不听老汉话，各人得了癌都不晓得将息到，虽然说你现在身体情况还可以，但你还是要注意到噻，莫恁个哈戳戳的。"

"哎，你说起娃儿不听老汉话的，那个娃儿今天早上又给我发信息了，他说：'孃孃，你能不能打 200 块钱给我嘛？我要买铺盖，牙刷牙膏。'我说：'你回来，回邢家桥来，你到社区来见我，我就把这些全部给你买起。'"谢兰说。

十几分钟后，居民们才先后说完了自己的事，纷纷告辞，"闹麻了"的办公室才安静了下来。

我坐下来，听这位社区书记讲起了她和她的居民们的故事。

目录
Contents

第一章 困难重重的整治

黎国平的泪水	/6
王家强（化名）的投诉	/9
路遇徽姑婆	/10
谢兰失眠了	/12
记忆：从人和乡到搬进"新村"	/13
又一次汇报	/21
23% 的支持率	/23
520 室的一次会议	/27
肺癌	/28
给居民的一封信	/30
依然招致强烈反对	/31

第二章 又蹚进记忆的河

去父亲家	/41
1983 年的癫痫与电灯	/42
开始挣钱了	/51
丧母之痛	/54
腰杆上别 BB 机	/61
敢拼、敢干、敢闯	/64
苦命一家：先丧女儿	/66
苦命一家：儿子的血案	/67
市民化的困境	/70
趋高的离婚率和"断代现象"	/75
女老板变身居委会大姐	/76
坝坝舞跳起来	/82

	给很多人找饭碗	/ 86
	榜样邓美清	/ 91
	转战汪家桥	/ 94
	盘溪河整治	/ 96
	汪家桥老旧房整治：全市第一例	/ 98
	"真情走访，真心帮助"	/ 100

第三章	冷静下来，不放弃！	/ 107
癌症与一期攻坚	圣诞节的天然气泄漏事件	/ 112
	从四户样板房到第一期搭好架子	/ 115
	医生朋友发火了	/ 120
	春天的西南医院	/ 122
	术后伤口开裂	/ 124
	一期工程之"中午必须来水！！"	/ 127
	一期工程之"拿起菜刀追"	/ 129
	"四千精神"和"一户一策"	/ 133

第四章	"钉锤书记"邓美清	/ 140
并非一人在战斗	被父亲赶出家门的社区主任	/ 148
	现场总协调人"姚工"	/ 159
	志愿者黎国平	/ 165
	"宣传员"田其忠、徽姑婆、黄大爷等	/ 167
	志愿者任树英	/ 169
	"让小婴儿有个崭新的家"	/ 172
	像黄婆婆那样的党员们	/ 174
	网格员、外援	/ 181

第五章
实现"广厦安居"梦

水淹整晚，也不打扰书记	/ 187
一份党报就是一颗定心丸	/ 190
中秋节街道书记蒋兴益被说哭	/ 191
胃部又亮红灯	/ 194
两江新区掀起学习谢兰热潮	/ 197
"情况很好，最短可以活5年，最长可以活30年"	/ 202
感动了重庆	/ 203
搬新家，过新年	/ 206
熊从珍：装点新居迎接小外孙	/ 216
每一组图片都是一个终于实现的"安居梦"	/ 219
阳光照进她被烧光的家	/ 220
七套焕然一新的房子	/ 222

第六章
又一场硬仗：战疫！

"新冠肺炎存在'人传人'现象！"	/ 231
大年二十九：迅速部署！	/ 234
大年三十，吹响集结号！	/ 235
正月十四：八小时组建"卡点突击队"	/ 239
农历二月初四："本姑娘"下厨！	/ 242
"摸排侦察班"	/ 246
"小二关爱群"	/ 249
"婆婆陪聊队"	/ 250
一日不息的"消杀队"	/ 254
手把手教老年人戴口罩	/ 256
千方百计化解居民疑虑	/ 258
复工复产的"安全先行军"	/ 259
党员和群众的力量	/ 261
外婆，我什么时候能回家啊？	/ 263
街道书记甘敬鸣：织细织密最薄弱点！	/ 265

第七章 社区那些事儿

端午：指尖上爱的传递	/ 273
天天发微信问候的谢叔叔	/ 274
"你就像我的再生父母"	/ 276
免费教拉丁舞的冯老师	/ 278
独居老人王久英（化名）	/ 279
在消防室抱着痛哭	/ 280
关爱弱势群体	/ 282
形形色色的邢家桥人	/ 283
居民自治	/ 285

第八章 "邢家桥之治"与"中国之治"

政通"人和"	/ 290
"乡土人和"城市化的启示	/ 292
基层整治的金钥匙：以人民为中心	/ 295
基层党组织的战斗堡垒作用	/ 296
"居民自治"的意义	/ 297
两江愿景与中国愿景	/ 299

附录　感言手写稿（谢兰等）	/ 302
后记　"谢兰们"的探索正发扬光大	/ 307

第一章
困难重重的整治

"你整整整,这个房子哪里整得好嘛!你要整我就把大粪给你端上去!"

有一瞬间她觉得很委屈,这就是她连肺癌手术都拖着不去做,一心一意帮他们争取利益的居民们吗?

但委屈只有一瞬,马上她又想:老百姓这样,是因为他们真的很苦,确实很苦;另一方面,他们又很善良,这么多年,他们从不愿给政府添麻烦。

整治前的居民厨房

整治前的居民卧室

第一章 困难重重的整治 | 3

整治前的居民厕所

整治前居民家厕所的落水管

居民冯兴贵整治前的家,到处是裸露的电线

整治前墙壁斑驳的楼道

整治前人兴路 235 号杂乱的电线

黎国平的泪水

至2017年,谢兰从汪家桥社区调回邢家桥社区已经四年了,这一天天气很好,然而她小时候的邻居——邢家桥社区的居民黎国平却在她的办公室哭了。

"前几天他回来了一趟,我们两个去把手续办了。我心想,算了,离了也好。"

说了这句话,黎国平就沉默了。

一时间,谢兰也不知说什么好。"你喝水嘛。"想了半天,她嘴里挤出这几个字。

"本来想两个人再好好聊一下,尽量不要走到离婚那一步。结果坐到沙发上正要说,楼上打泼了一杯水,我屋头就开始'下雨'。我们两个的脑壳都遭淋湿了,一下感觉霉戳戳的,啥子都不想说了。还好不是在厕所里面,要不然淋到脑壳上的就是尿水了。"

说完叹了一口气,黎国平又沉默了。

"唉,我也不想再怪他没得本事买不起房子,怪也没得用,就只有这个命,只能住这个烂房子。"

"这几天还好,天气凉快了,那几天热的时候更不得了,谢二妹,你晓得噻,我屋头厕所的水漏到楼下的厕所吊顶上,天气一热,吊顶上积的粪都生了蛆,虫子只见往下掉,楼下的娃儿吓得哇哇大哭,死活不去上厕所了。楼上漏到我家,我家又漏到楼下,楼下再漏到楼下,见到邻居,她望到我哭,我望到她哭,几家人哭成一团。"

说到这里,黎国平眼眶有点儿发红。

"我晓得,我晓得,我们会想办法给你们解决。"边说,谢兰边拍了拍她的背,却又觉得自己的话有些苍白。

她想给黎国平一家变一套不漏水的房子出来,可她有这个本事吗?

望着黎国平,谢兰突然想起了1983年的"五根黄桷树"和"板栗湾"。

"五根黄桷树"和"板栗湾"都是地名。那一年,黎国平嫁到了双桥十三队,她丈夫家住的地方,叫"板栗湾",谢兰家住的地方,叫"学堂院",和"板栗湾"只隔着一个凼凼,谢兰家住的地方更小的地名叫"五根黄桷树",因为那里有五根很粗的黄桷树,都有至少七八百年的历史。

眼前这位坐在谢兰办公室,刚刚离婚,红着双眼的,脸庞圆圆的,看上去憨厚老实的大妈黎国平,那时只有21岁,梳着两条大辫子,脸像苹果一样。

那时重庆还没有一个地方叫两江新区，这个故事发生的地方——两江新区人和街道邢家桥社区，也还是农村。

那是 1983 年。敲锣打鼓，黎国平嫁到了江北县人和区公所下属的人和乡双桥十三队，和谢兰家一个队，嫁给了生产队长很帅的儿子。这家当时有七个兄弟姐妹，本来有十一个，活下来的只有七个。

"我想起那个时候，你们两个感情好好哟，你才嫁到我们双桥来的时候，田四哥确实还是长得很帅。"突然陷入回忆的谢兰脱口而出，说了之后，又觉得这句话不是很妥，毕竟人家前几天才离婚了。

"是嗦，我最记得到嫁到这里的第二天，就参加了坡坡上的院坝会，各家各户围到一起，边抹苞谷，边东拉西扯聊闲篇，大家嘻嘻哈哈的，好热闹哟。其实我当时印象最深，也是第一眼看到的，就是你！你扎两个翘鬏鬏儿，神气活现地站在坡坡上，伶牙俐齿地对着一群乡亲，转述你爸爸的话，说，'孃孃，叔叔，哥儿，我爸爸说的，你们又帮我们掰苞谷，又帮我们打谷子，栽秧子，我们啷个还得起情哟。'那个时候你屋头只有"1挑3"和"1挑7"两块地，地少，家里也缺劳力，因为你爸爸是干部，给公家干活儿的。当时刚刚从人和区公所，调到龙溪乡当乡党委书记，你们四兄妹又还小，家里只有你妈妈一个全劳力。那时候你只有十四岁哈？"

谢兰的话,也勾起了黎国平的回忆,她沉浸在对逝水年华的追忆中,似乎暂时忘记了现实中房屋漏水、屋顶生蛆、婚变等种种烦恼。

"是嚯,后来你和田四哥在人和场上卖豆腐,后来1993年开发的时候,他开始承包点儿小工程……"谢兰也继续回忆。

社区办公室充满了欢乐气氛,而不是平时的一地鸡毛。

"谢书记,这个问题你要给我解决哟,不然我哪天把大粪端到你们办公室来了哟!"

突然一个壮汉的声音打断了谢兰和黎国平对往事的快乐追忆,将她们强行地拉回了现实。

王家强(化名)的投诉

"我从来不敢打开窗子,打开窗子就是一阵大粪臭,更不要去看,看就是一坨一坨地堆在那里。你们社区究竟管不管哟?"

王家强的声音似乎要把社区办公室的灯都震下来,谢兰静静地听着,她理解他的愤怒。

周掰掰在自己家一楼的门面开了个小面店,在小面店里自建了个厕所,因为是自建的厕所,下水管道离化粪池有一段距离,没法儿接进化粪池，就造成了居民王家强现在怒气冲冲投诉的这个情况。

尤其一到夏天，苍蝇、蚊子都围着那一坨一坨的屎转，非常恶心。

"因为按规定门面里是不能修厕所的，所以……"

"规定规定，我不管啥子规定不规定，反正这个事情你们必须给我解决。我晓得你们其实也解决不了，因为这个下水管道就接不到化粪池那里去！所以，谢书记，这个房子真的只能拆迁！只能推倒了重来才行！"

拆迁？谢兰苦笑着摇了摇头，她已经给居民讲过很多次政策了，这个房子没有达到拆迁的条件。

"我会想办法解决这个问题的……"

王家强终于骂骂咧咧地离开了。

路遇徽姑婆

王家强骂骂咧咧离开的背影像一座山压在谢兰的心口上。她坐在椅子上愣了半晌，心想："我们邢家桥的老百姓怎么就过得这么苦，1993 年，大家可是敲锣打鼓地搬进这人人羡慕的拆迁安置新村的啊。"

好一阵感伤,不知不觉地天已经黑了,谢兰在心里长叹了一声,站起来关门,打算离开社区回家了。

"谢二妹,谢二妹,去我家看看吧,刚炒的菜,上面又落了一层灰。"七十多岁的徽姑婆陈重徽在路上遇到谢兰,满脸愁容。

"厨房炒着炒着菜,就飘灰下来,飘进锅里;整个涂料层都脱落了,屋顶漏水就不说了,客厅和卧室的整个一面墙常年浸泡在污水里,而且这里面还有电线,就这么遭泡起,想起都怕。"对着谢兰,徽姑婆一下子倒出了许多苦水。

"这十几年来,自己掏钱修修补补,刷了三次墙,还对墙体进行加固,少说也花了两三万元。可是过不了多久,照样起泡,照样又是湿湿的了。"

走进徽姑婆陈重徽附一栋七楼的家,她一家人就一直没笑过。"你看嘛,谢二妹,现在不管哪个走进邢家桥附一栋,远远看到楼顶加了彩钢板和外墙面刷了黑色防水涂料的,就知道是我家,一眼就能分辨出来。"

"谢书记,夏天的时候我儿说太热了,要装空调,结果这面墙连空调挂机的重量都承受不起,因为常年被雨水泡着,后来只有安装在另一面墙上。"

"妈,你把视频给谢二嬢看嘛。"她儿子说。陈重徽打开手机,点开年初时录的一段视频,当晚室外下着雨,室内卧室地板上放了好几个盆接雨水,卧室放床的位置正上方,小拇指厚的水泥抹灰层掉了一大片,露出黑色的内墙面。

"我昨天遇到宋远芳。她那个屋头更是漏得不得了,你去过她屋里的嚓,谢二妹,你晓得嚓,她屋头那个床铺,常年铺一块塑料布,电饭锅啊、淘菜盆啊、肥皂洗衣粉啊,啥子都堆在那张旧床板上。她屋头跟我屋头一样的,她自己买白漆把墙面刷了又刷,刷了好多次了,但是一样,没过多久,墙壁又被漏下来的水泡烂。"

天已经黑尽了,徽姑婆的话在她家依然飘着灰的厨房里回荡。

谢兰失眠了

那天晚上,2017 年 1 月的那个夜晚,谢兰失眠了。

"这里这里,碰到就落了,这个墙壁,挨都不能挨,挨到就掉皮皮。"她想起很多次,有居民指着一整面黑黢黢、发霉的墙,对她和社区主任许光静说。她俩走上去一摸,手指间传来墙壁浸骨的阴湿。最让人不寒而栗的是,这个发霉的墙壁里,还有电线裸露出来。

"上厕所要戴斗笠,要不然就打伞,要不然楼上的尿水会滴到你身上,甚至还有屎,呵呵。"有的居民边说,边一脸无奈地苦笑。

"这个墙是敷过的哟,敷过几次的哟,现在全部起泡、起皮了,一摸,窸窸窣窣发响。"跟徽姑婆、宋远芳一样的情况太多了。还有一次,半夜一户居民正在睡觉,突然天花板上掉下几块墙面。"幸好没有砸到人。"作为社区书记,谢兰想起来都后怕。

一想到这些,谢兰睡不着了。

一睡不着,就想得更多。关于邢家桥这些居民,关于她自己,仿佛所有往事都突如其来地涌入了 2017 年这个失眠的夜。

曾引以为傲的安置新村,是怎么渐渐变成满目疮痍的"烂霉楼"的呢?

记忆中的 1992 年、1993 年——人和乡开始开发的时代,还那么历历在目。

甚至更早的七八十年代,他们都还是农民的时代,都还那么清晰。

记忆:从人和乡到搬进"新村"

对,那一年是 1983 年,是今天在办公室和黎国平一起回忆起来的那一年。那一年,黎国平刚嫁过来,还是个新媳妇。那时,这里的大部分居民还是农民,他们居住的地方,叫江北县人和区公所人和乡,谢兰家在人和乡双桥十三队,黎国平丈夫家也是十三队。

今天白天来办公室,恨不得把桌子都掀翻的王家强则是十队的。

黄昏时满脸愁容拉着谢兰去她家看的徽姑婆陈重徽则是龙坝一队的,是个村社干部。

那时他们所在的农村和全国大多数农村一样,已经实行"家庭联产承包责任制"一年多了,也就是已"包产到户"一年多了,村民种田、养猪的积极性都很高,加上是近郊农村,还算富裕。

那一年谢兰十四岁。"死女娃子,嘴巴甜得很。"婆婆孃孃们经常笑着表扬谢兰,大家都很喜欢她。

谢兰爸爸是干部,谢兰兄弟姐妹四个又还小,哥哥又有癫痫,家里缺劳力,而谢兰嘴巴又甜得很,一天到晚跟着她妈妈,到处伯伯孃孃地喊得热闹,尤其是实行包产到户之前的大集体时代,大家坐在一起干活儿挣工分,她更是人群中最开心,也最得叔叔、孃孃、婆婆、爷爷喜欢的。她妈妈也爱说爱笑,热心爱帮忙,所以抢季的时候,大家都愿意帮帮她家。

重庆一直春秋短,冬夏长,5月已很有些燥热,尤其是"脸朝黄土背朝天"之后。但"大战红五月"又是必须的,躲不过的,抓紧抢季打麦子、栽秧子，家家户户忙得不亦乐乎，但就是这么忙的"红五月"，很多邻居都不会忘记帮谢兰家"搭把手"。

说是到她家里来摆龙门阵，实际上就是坐在那里，帮她家抹苞谷，就是把刚刚收的苞谷米米抹下来。

1984年，谢兰初中毕业时十五岁，就开始在皮鞋厂打工，那时候黎国平和她丈夫一起在人和场上卖豆腐。住在第五根黄桷树的赖家外公是裁缝，又养奶牛，经济条件不错，谢兰妈妈去卖菜，谢兰爸爸去上班时，就经常给赖家舀一筒米，扯一把菜去，让四个娃儿在赖家搭伙。

到1992年，"有一位老人在中国的南海边写下诗篇"之后，"改革开放"成为热词，全国上下改革的步子都更大了一些。

那一年，重庆被列为长江沿线开放城市，享受沿海开放城市的优惠政策。时任全国政协主席李瑞环视察重庆，首次提出重庆主城区发展应当"北移东下"。江北县委召开八届五次全委扩大会议，根据"北移东下"的发展方向，将人和、龙溪、鸳鸯、回兴、两路沿着210国道红双段，规划为北部新城规划区，这就是"重庆向北"概念的源起。

谢兰和邢家桥大部分居民从小长大的地方——人和乡的开发，也就是从1992年开始的，规划中的北部新城规划区首先是发展交通，人和开始零星征地。

那一年，23岁的谢兰还不是社区干部，她刚刚开始和别人合伙创业开皮鞋厂，成了一个腰杆上别BB机的女老板，也是在那一年，在现在两江新区人和街道邢家桥社区所在地，也从无到有，赫然挺立起了一个漂亮的"农转非"安置"新村"，最早被征地，搬入这个新村的，就是人和乡双桥大队和万年大队的一些村民。

"楼上楼下，电灯电话"，虽然电话一时还没条件安，但"楼上楼下加电灯"的生活是一下子就过上了。

电灯不用说了，他们在1983年就用上了电灯。而1992年的安置房，却不仅仅是楼上楼下加电灯，还让他们一下子拥有了独立的厨房、厕所，用上了天然气、自来水。家里有三代人的，就分三室一厅，有两代人的，就分两室一厅，只有一代人的，就分一室一厅。

住第五根黄桷树的赖家赖元兵的妈妈艾道勤，平时乡亲们开玩笑叫她"观花婆儿"，所以1992年遇到集体乔迁进"新村"这样的大喜事儿，她家的门槛都被踏破了，村民纷纷来找她看一个良辰吉日。

这俨然就是城市人的生活啊。在人和的街上卖豆腐、卖牛奶、开发廊的时候，羡慕的不就是街上人的生活吗？

村民们搬进邢家桥拆迁安置小区的1992年，邢家桥是区公所所在地，交通便利，商业发达，一派繁华热闹景象，与居民们原来住的荒僻乡村有天壤之别，比人和老街上那些平房"现代化"

得多，是多层砖混结构商住楼，是当时最好的小区，非常洋气。

大家别提多满意了！

征收了土地，紧接着就是安置。转眼到了 1993 年，安置的事宜开始了。1993 年 3 月安置的是人和乡的万年二队，1993 年 10 月安置的是双桥十队和十三队，人和乡的这些村民完全"鲤鱼跳农门"了，变成了居民，也就是变成了吃商品粮的！每个月发的粮票、面票全都和城市人一模一样。

现在邢家桥社区的居民，是两江新区，甚至全重庆市最早"农转非"的。16 周岁以上的村民，每个人安置费用一万元。

村民们也可以选择去工厂当工人。1993 年 3 月"农转非"的，可以选择去红凌摩配厂；10 月"农转非"的，可以选择去山城榨油厂，当时有 108 个村民去了这个厂。但要选择去这些厂的，就要把安置费交给接受自己的厂。

管他的，反正这下是正儿八经的城市人的生活了！每月一百多元的工资，过节还要发一桶油，亲戚一问，"单位发的！"自豪之情溢于言表。

一下子都是有单位的人了。

黎国平选择了去山城榨油厂，她丈夫开始用补偿的钱，承包一些小工程，就像谢兰和她的姊妹伙杨玉会一起开皮鞋厂一样，也开始做生意了。

邓小平同志南方谈话之后，随着人和乡的开发，市场经济和改革开放的星星之火，也"燎原"到了这里。

然而，几个月之后，邢家桥社区的不少"农转非"新居民，却都失业了。万年二队的村民在红凌摩配厂上了几个月班之后，红凌摩配厂垮了。紧接着，双桥十队和十三队的村民进山城榨油厂刚刚接受完几个月的培训之后没多久，山城榨油厂也垮了。

粮站也不给他们发粮票了，1角4分2一斤的米买不成了。好在没过多久就不兴粮票了，大家买米买面，只需要付钱就可以了。

在邢家桥的居民踯躅于城市化的门槛前，却无法真正迈进去的时候，人和的其他大队频频传来拆迁的消息。

1995年安置的是龙坝一队、五队和六队，每人的拆迁安置费是17495元，16周岁以下的娃儿也有。1999年的安置费是每人21000元，之后是每人23000元。

不像1993年拆迁的他们：每人一万元，16周岁以下的没有。

不仅如此，2000年，人和镇被划为重庆市北部新区开发用地。根据拆迁补偿规定，拆迁的村民统一分配安置房。根据1999年颁布的《重庆市征地补偿安置办法》，有几种情况可以得到"优惠"：

一、一对夫妻只能分一套房，但离了婚单独立户，就可以各分一套房，并以优惠的价格购买；

二、配偶为城镇户口且无住房，可以申请多分配一间屋。离婚后若同城里人结婚，分配的房子可以从一室一厅增加为两室一厅。两室一厅比一室一厅好，这一点当然不言自明。于是，人和镇婚姻登记处门口变得像菜市场一样热闹起来。离婚分户，可以多分一套房子。

看到那些两口子为了得到两套两室一厅安置房而假离婚的，邢家桥最早安置的人们除了不平衡，就是怪自己当初太傻，脑子太死板，或者太好面子，总觉得离婚是丢人的事情。

好在，管委会迅速做出了反应，申请将再婚增购房价格由安置优惠价调整为市场价的文件，被递送到了重庆市北部新区国土局。11月底，根据国土局的批复，管委会调整了再婚增购住房的价格。这时正待拆迁的村民们一下子傻眼了：第二套房必须按市场价购买，哪有获利空间呢？失望的村民们涌到镇政府讨说法。但管委会对此态度鲜明："我们是及时用新文件堵住了旧文件的漏洞。安置补偿标准是市有关部门经过研究后合理制定的，该标准考虑到了农民的利益，也考虑了本地经济发展水平。"

政策漏洞是被堵住了，这当然让邢家桥人平衡了很多，但是，就算1999年的拆迁补偿人均2.1万元，也仅能维持一个人生活3年多，那他们这些1993年就被征地的呢？人均补偿一万元，还不包括16周岁以下的，可想而知。

后来修的安置房，建筑质量也越来越好。

可是邢家桥新村呢？因为是修建时间最早的安置房，片区的规划布局、房屋标准、用材用料等,都难与以后的小区相比,1993年居民们搬进去不久,房子就出现了漏水的问题,最开始还只是厨房,楼上洗碗拖地,经常会漏到楼下,慢慢地,厕所也开始漏。2008年汶川大地震之后,到处都开始漏。不是这里漏,就是那里漏。几乎每天都有居民来反映房子漏水的问题,反映的漏点也遍及房屋的每一处。

有一户居民,客厅天花板的一角,出现了一条30厘米左右的裂纹,水渍透过裂纹浸湿了墙布,次卧的空调挂机处也出现漏水,洁白的墙面已经长出星星点点的黑色霉斑。

而且,随着时间的流逝,当初迁进新村的一代人变成了两代人,两代人变成了三代人,房子日渐拥挤。

邢家桥的居民们开始想念自己曾经的土地,想念第五根黄桷树,想念村子里那个被拉走的老牌坊,有人说那个牌坊被拉到那个叫"十方界"的小区去了。

想起那些年,累是累,但当时的人和地处城乡接合部,离主城近,地里的粮食、喂的猪、养的鱼,拉到城里不愁卖;而现在呢,田地没有了,进城打工,他们又没有劳动技能。

他们该怎样真正融入城市呢?或者说,他们如何改变眼前最大的困境——日益破烂的房子、日益窘迫的居住环境?

一个晚上几乎没睡着,天快亮的时候才眯了半个小时,睁开眼的那一刹那,谢兰觉得自己的心有点儿痛。

毕竟，她是邢家桥社区的书记，那些天天处在窘迫居住环境中的，是她的居民们。

又一次汇报

"我们今天再去一趟街道，争取街道再向管委会汇报一次，或者看今天有没有机会，我们俩跟街道的一起去管委会汇报！"

第二天一大早，谢兰就来到社区办公室，这样跟社区主任许光静说，然后她俩一起，把社区走访报告又从电脑里调出来改了好几遍，补充了不少内容，对于邢家桥社区安置房的现状和居民生活中的困难，生怕有一丁点儿遗漏。

事实上，多年以来，邢家桥社区安置房问题，早就成为两江新区党工委管委会的一块心病。

早在2005年，两江新区还没有成立，当时邢家桥社区所属的北部新区就想修旧如旧，把这里打造成磁器口那样的古文化街区，因为邢家桥社区所在的人和历史悠久，很早就有文字记载。

据《江北厅志》记载，人和古名瓦店子。道光年间，此地大闹水荒，田土龟裂，唯有四口古井——王家井、段家井、万年井、螺丝井终年不枯。此地住了颜、叶、李、蒙四大家族，他们为了取水纷争频起，矛盾日益尖锐，时常有流血事件发生。重庆有一位名士段大章，在云南做副学政（正五品），恰逢他回乡省亲，得知此事，便出面调停："天干数月，人命关天，天赐水源，共渡难关，人以和为贵。"争端得以平息，当地百姓故将瓦店子更名为人和场——这便是两江新区人和版的"六尺巷"的故事。

但按2005年的方案只是整治外立面和外环境，修青石板路，邢家桥的居民们就不愿意，他们觉得这样对改善自己的居住环境啥用也没有，而且街道本来就窄，如果打造古文化街，修好了之后肯定很多人来，就更拥挤了。

青石板都拉到了邢家桥，因为居民们不同意这个方案，青石板又拉到了龙兴，于是，龙兴后来建成了古镇。

2009年和2013年，邢家桥又有过两次旧房整治的机会，方案还是整外立面和外环境，居民们还是不愿意，因为他们觉得自己1992年、1993年得到的拆迁补偿款太少，希望自己住的安置房能再次拆迁。

2009年，由于邢家桥的居民不愿意，街道就对汪家桥社区进行了整治。那时谢兰不在邢家桥社区工作，而是在汪家桥社区当书记。

到了2017年，谢兰从汪家桥社区调回到邢家桥社区已经快四年了。这四年，邢家桥的房子一天比一天破。而且，这个时候，两江新区除了邢家桥社区，安置房都全部整治完毕了，大竹林街道的个别社区甚至都要开始整第二次，修补那些第一次没整治好的了。

"我们邢家桥的是小妈生的吗？凭什么别人都整治了就不给我们整治？"社区里常有人聚在一起发牢骚。

2017年的那一天，谢兰和社区主任许光静，又拿着两份报告去了一趟街道，然后又和街道书记一起，去了一趟管委会。

他们下决心一定要解决邢家桥社区的头等烦心事，让老百姓不再愁眉不展。

23%的支持率

终于，付出得到了收获。

现在，我在重庆市规划研究中心的官网上，看到一则发布于几年前的消息。

这条消息的标题是：《人和街道邢家桥社区更新规划顺利通过两江新区规委会评审》。

这条消息称："近期，由我中心组织并完成前期研究的《人和街道邢家桥农转非安置房及周边区域整治更新修详规设计》顺利通过了两江新区规委会项目评审会。委领导对该项目给予了充分肯定，认为该项目较好地贯彻落实了'城市双修'的理念，围绕城市修补、生态修复，探索新区老旧社区复兴的经验和模式，在切实解决群众实际困难、有效改善社区环境和配套设施、大力倡导社区居民参与、综合平衡建设资金等方面提供了可行有效的解决方案。"

也就是说，那时，邢家桥社区更新规划过审了。

2017年，经管委会批准，邢家桥社区安置房综合整治项目成为两江新区管委会重大民生实事项目之一，当时估算投资8000万元，该项目涉及安置房488套，门面91个，1422人。当年，社区的整治工作开始谋划启动。

这项"千呼万唤始出来"的安置房改造工作，让谢兰和许光静很是激动："我们就想带着一番抱负，大干一场，一举把邢家桥社区的脏乱帽子摘掉，一定要让这里的百姓住上不漏雨的房、住上安全的房！"

可没承想，谢兰她们的抱负在正式实施环节，遭遇了始料未及的情形。"这是我从事社区工作以来最难的工作，可以说，邢家桥社区老旧小区整治之难，难于上青天。"

2017年两江新区管委会的旧房整治方案，群众支持率只有23%。

"凭啥子整治嘞，整得好啥子嘛？我们都吼起要拆迁！"

"是嘞，我们都吼起要拆迁，他们都没得办法，说实话，我们1992年、1993年的时候,补偿款好低哟,他们后面那些高得多,我们真的太划不着了!"

"反正我们全部吼起不整治,要拆迁,他们就没得办法!"

"是嘞,我们当时去那些厂几个月就垮了,说是变成了城市人,结果那一万块钱补偿吃得了好久嘛!"

经常,谢兰和许光静会看到社区里三五成群地站着些居民,他们在发牢骚,在宣泄怒气。院坝会开了十几场,平均两三天一场,一场院坝会就是一场"战斗"。至少两三个小时,不仅宣讲政策,还要记录、答疑,还要被不理解的居民骂。

她俩感觉很泄气,天天来社区反映房子烂、房子漏的是他们,天天说这个烂房子、这个漏房子住不下去了的是他们,经常在谢兰和许光静面前哭诉,拉她们去看自己房子的是他们……管委会决定要整治邢家桥社区了,发牢骚发得更厉害的,还是他们。事实上,2009年,当时的管委会就想对邢家桥社区进行外立面整治,因为居民们的强烈抵触而先整治了汪家桥。2013年,邢家桥社区的安置房整治又有了一套方案,当时估算投资是3000多万元。项目启动前进行数据核对时,因居民的抵触情绪强,整治事宜又被搁置。

泄气之余,冷静下来想想,居民们最大的诉求无非就是想拆迁,而这是因为以前补偿款低了,心里不平衡,也可以理解。

但是邢家桥社区并不符合拆迁的条件,根据规定,达到四种条件，方能进行拆迁：一是1969年以前修建的房屋；二是危房，这个需要专业部门进行鉴定；三是公改，即国家将这个地方规划为机场、高速路等；四是商改，也就是某地产商看上了这个地块，打算将其开发为商品房。

很显然，邢家桥社区这四种情况中的哪一种都不符合。

于是从2017年2月到2018年11月，谢兰和社区的所有工作人员，天天向社区的居民们解释有关拆迁的政策，反反复复地说，让他们了解，邢家桥社区目前不符合拆迁的条件。

一边跟他们解释，让他们知晓政策；一边收集他们对旧房整治的需求，随时向街道和管委会汇报，争取尽可能让居民们满意。

因为2017年2月两江新区管委会出台的政策，实际上也是只包括外立面和外环境的整治，这也是其他一些区的通行做法，但是一想到邢家桥的居民们天天因为房子漏水，尤其是厨房、厕所漏水而窘迫不堪，谢兰和她的同事们就想，至少要为居民们争取到把厨房、厕所也纳入整治。

要做到这一点并不容易，她们也记不得汇报了多少次。

520室的一次会议

谢兰永远记得 2018 年 11 月底在两江新区管委会所在的金山大厦 520 会议室的那次会议。

那一天是重庆冬日里难得的一个阳光明媚的日子,时任管委会副主任李光荣在会上宣布,将把对厨房、厕所的整治纳入邢家桥社区的旧房综合整治。而不只是像 2017 年初确定的方案那样,只是整治外立面和外环境。

在那间肃穆的会议室里,李光荣副主任宣布两江新区党工委管委会的这个决定时的语气,一如平常每一次会议上宣布每一个决定时一样平静,会场上谢兰也保持着正襟危坐。

然而,在她心里,她已经高兴得跳了起来。

她恨不得马上赶回邢家桥社区,向社区的同事和居民们传达这个消息!

开完会已经十二点半,没有吃中饭,她就立刻往社区赶。

开着车,她突然感觉到心脏一阵狂跳。

但这次却不是因为激动。她心里一个咯噔。

肺癌

事实上,她从 2018 年 9 月,就有了心脏狂跳的症状。

2018 年 9 月,她发现自己的心脏不时狂跳时,社区正处在收集居民对旧房整治建议的阶段,有些忙,但还没开始攻坚。有一天,她感觉身体实在受不了了,就去了人和医院看病。

医生让她背了一天心脏监测器,最终诊断说是冠心病。"我哪来的冠心病哦!"她不相信。

"那你去照 CT 吧。"医生说。

过了几天,医生打电话说,CT 没照好,让去重新照。"必须要来哟,千万要来重新照一下。"医生反复叮嘱,口气很严肃。

"不会有什么问题吧?"她在社区办公室按下免提接的电话,挂了电话之后,旁边的社区主任许光静说。

"我感觉你一定要去大医院看看。"

听许光静的话,又过了半个多月,2018 年 10 月的一天,她去了西南医院检查。

一去医生就让她住院,说心脏没有问题,但必须认真做个 CT。

又照了一次 CT，这一照就照出了问题。

肺癌。

"肺癌没得啥子嘛？割了就行了嘛？"她从小就是个天不怕地不怕的"天棒"，20 岁时在龙溪制鞋厂上班，每天晚上十一点到第二天早上四五点上夜班，去上班和回家时都要走夜路，她一点儿都不怕："兜里揣着一把剪刀，遇到'天棒'，我比他还天！"

"天棒"重庆话中指天不怕地不怕的愣头青。更"天"，就是"更加天不怕地不怕"的意思。

2018 年 10 月的一天，西南医院住院部的医生拿着谢兰的 CT 报告，一定觉得这个人很"奇葩"，"肺癌没得啥子嘛？"她怎么问得出这样的话来。

回想起来，谢兰也觉得自己非常"奇葩"。她把这归因于她经常这样劝社区里得了病的居民："病就是这样的，你弱它就强，你强它就弱，你不把它当回事，它自己就好了。"

当时，医生没回答她肺癌有没有什么这个问题，只淡淡地说了一句："你去门诊挂个号吧。"

门诊的那个医生姓黄，她拿着 CT 结果给医生看，问："医生，我这个是癌吧？"

"唔。"医生回答。

"癌没得啥子嘛？"

"唔。"

"癌割了就行了嚜?"

"唔。"

"那我过几天来割,这几天忙得很,等忙过了来割。"

住了几天院,这个肺癌患者就从西南医院出院了。

给居民的一封信

"居民朋友们,你们好!邢家桥'农转非'小区综合整治工作就要启动了,本次整治,既是广大居民的要求和期盼,是大家共同的愿望,更需要广大居民的参与和支持……"

2018年11月底的一天,邢家桥街上小面馆里正在给客人挑面的,坝子里正抱着娃儿晒太阳的,家电修理铺里刚刚把电视机拆开要检查的……全都停住了手,竖起耳朵听广播里传来了什么。

是谢兰的声音,她念的是《给居民的一封信》。

广播里的信刚刚念完,"综合整治惠民谱新篇,齐心协力旧房变新房",一条红底白字的硕大标语,已被社区工作人员从社区二栋的楼顶,从上而下悬挂好了。

这一封信,一条醒目的标语,拉开了邢家桥社区综合整治工作的序幕。

2018年10月，谢兰在西南医院被查出了癌症，跟医生说她那段时间有点儿忙，想过一阵再来做手术，然后没住几天院就出院了。

那段时间她忙的正是跟管委会汇报，争取将厨房、厕所纳入综合整治这件事。

多次汇报之后，管委会领导李光荣表态说："我们这次要整就要整好，整得让群众满意。"于是有了11月底，在管委会520会议室李光荣副主任宣布的综合整治方案：此次整治除了建筑物的外立面和外环境，还包括厨房和厕所。

深知居民们长年累月为漏水所苦，尤其为厨房、厕所的漏水所苦，谢兰和她的同事们，在终于拿到管委会的这个整治政策后，才开始大张旗鼓、全面宣传此次整治。在此之前的宣传，则多是潜移默化的渗透式宣传和收集意见。

依然招致强烈反对

谁知道，居民们对谢兰和她的同事们好不容易争取来的把厨房、厕所纳入整治的政策仍然不满意。谢兰想不通，为什么一个为民办好事的民心工程，在老百姓的眼里就变味了呢？

"那个圈梁，恁个细一圈，现在的房子敢不敢恁个修嘛？这个就靠整治呀？靠整治就行了吗？整治都能整治好吗？你哄鬼哟！"

"你现在修了，外面是漂亮了，但是里面呢？跟我这个人一样，里面内脏器坏了……"

"谢书记，你来看，你来看，你来看这个房子还能不能住？！"

"整治，你们居委会不晓得要搞好多，钱进了你们的腰包。"

"这个工程做下来，这么多的钱，摊到每个居民家13万多。我们自己不会整治吗？"

组织了几次居民会议，几乎都没开下去，居民们聚集在一起，不是发牢骚，就是宣泄怨气。

53岁的邢向斌，全家几代人都生活在邢家桥社区。也是谢兰小时候的邻居。2019年整治方案出来时，邢向斌母亲的屋里早已破旧不堪，唯一的一张床用一张塑料薄膜盖住，因为天花板随时会落灰下来，只有晚上睡觉的时候才敢揭开。

但他听居民说社区想靠这次改造赚钱。谢兰做动员时，他跳得八丈高，冲谢兰吼："莫说那么多，你安的什么心，你自己晓得！"

"我不做这个改造整治工作，一个月拿2652元工资，我做这个改造整治工作，一个月还是拿这么多工资，你说我安的什么心?"谢兰说。

那段时间,谢兰带着她的同事们,一遍一遍地给居民解释:"改造房屋,不要居民一分钱,社区和我也不会拿工程款的一分……"

但一连十多天,仍然每天半夜都有居民打电话来骂她。

"我也是个普通人,怎能不难受、不委屈!"

还有些人,不同意整治有别的原因。

"我去年才刚刚装修了的,装得好好的,你看看,墙壁都是用的护墙板,你又让我装,硬是不是你的钱装的,砸了不心疼嗦?"这些人的理由是去年,或者前几年才装修过,现在觉得住着还挺好的,所以不想装,但说到楼上漏水到他家,他家又漏水到楼下,他们也开不起腔了。

但还是坚决不愿意整治。

"怀起娃儿,房子动不得!"还有的家庭是因为家中有孕妇,觉得整治犯忌讳。

7栋2-3号的李世超、熊从珍老两口收入不高,生活困难,还都有高血压等这病那病,小女儿李红和他们住在一起,照顾他们。

去年1月,李红怀孕了。即将添丁,一家人特别开心,对新生命充满了期盼和希望。不过这家人的大喜事,却也成了房屋整治的障碍。

出于对女儿和未出世的外孙的疼爱,受"老说法"的影响,熊从珍一家坚决不同意对自家房屋进行改造。

拆除违章建筑遇到的障碍，则是因为利益。违章建筑基本上都是门面，每月好歹可以挣点儿钱。

谢兰记得很清楚，2018年12月6日，是早就确定好社区开始"拆违"的日子，也就是拆除违章建筑。

谢兰早上五点钟就起来了，早早地张罗好工人，带着工具到了现场。

本来已经做好工作、答应要拆的七家违建门面，一家都不到场，谢兰、社区工作人员、工人面对的，是七把大锁。

只好让工人先回去，还必须要按规定计算工钱。

而最不会忘记的，则是2018年12月11日这一天。

这一天，社区安置房改造正式开始。上午十点左右，社区居民陆续聚集起来。有些情绪激动的居民端着板凳坐在施工现场阻止施工。

最让谢兰没有料到的是，有人甚至要把大粪端到社区办公室！

要端大粪到社区办公室的，就是开头说到的，差点把社区办公室桌子都要掀翻的王家强。

前面说到，周掰掰用一楼自己家的门面开了个小面店，在小面店里自建了个厕所，因为是自建的厕所，下水管道离化粪池有一段距离，没法儿接进化粪池，平时，尤其一到夏天，苍蝇、蚊子都围着那一坨一坨的屎转,让人恶心。王家强就住在周掰掰楼上,每天一开窗,就是熏天的臭气,他愤怒、冒火,其实也可以理解。

那天,社区办公室下面传来一阵起哄声,谢兰从窗子里看到一群居民拍着手,围着用铲子装着几坨屎的王家强,仿佛围着一个英雄。

"你整整整,这个房子哪里整得好嘛!你要整我就把大粪给你端上去!"

有一瞬间她觉得很委屈,这就是她连肺癌手术都拖着不去做,一心一意帮他们争取利益的居民们吗?

但委屈只有一瞬,马上她又想:老百姓这样,是因为他们真的很苦,确实很苦;另一方面,他们又很善良,这么多年,他们从不愿给政府添麻烦。

虽然邢家桥的居民们不愿给政府添麻烦,政府却一直没有忘记他们,两江新区有过好几次安置房综合整治的方案,新区和街道每年都会组织系统的就业培训,尽可能地为居民们进行职业推介,帮助居民们就业,街道还采取各种举措营造温暖的社区环境……

这一切,都是想让居民的生活过得好些。

那一天,有居民劝住了王家强,最终,王家强没有把那铲大粪端上来。

第二章

又蹚进记忆的河

这个曾经手上随时拿着大哥大的女老板突然发现,她喜欢天天在这个地方,这个社区,处理好东家的鸡毛蒜皮,又去劝劝吵吵闹闹的西家两口子,看到人家满意地离去,她发觉自己内心竟会莫名地升起一种满足感和成就感,就像当年在五根黄桷树热闹的院坝会上,在"大战红五月"时忙中偷闲的田坎会上,她总是跑来跳去最开心的那个。

1985年的谢兰
（前排右一）一家

人和下场口

"五根黄桷树时代"的谢
兰（后排左一）、黎国平
和其他乡亲

第二章 又蹚进记忆的河 | 39

1992 年的谢兰

2001 年的谢兰（右二）和妹妹、朋友

2009年谢兰在汪家桥社区当书记时，带领社区工作人员和志愿者，自己动手，进行盘溪河整治

去父亲家

2018年12月11日的黄昏,谢兰没有直接回家,而是去了和她家隔着一条马路的父亲谢家华家。

面对父亲,她沉默了好一会儿,她想开口说今天白天发生的事,但又不想说。

也许,她的内心一直有她的倔强与好强。

"二娃,你是不是有啥子心事?"父亲看到了她脸上密布的乌云。

她终于还是跟父亲说起今天白天发生的事,说起小时候的邻居王家强要把一大铲大粪,端到社区办公室来。

"1989年我20岁,在龙溪制鞋厂上班的时候,每天上班下班都要经过他家。那时候他爸爸妈妈、哥哥妹妹都还在。他每次见到我,都跑出门来'二姐、姐姐'地喊,喊得很亲热。"后来,搬进邢家桥之后,大约2005年、2006年,王家强的父母、哥哥、妹妹相继去世。

"其实我也理解他,这个整治工作开始之前,他也一样见了我就喊得很亲热,不是叫二姐,就是叫姐姐。他并不是对我本人有意见，只是他居住的环境确实太糟了，又不相信这一切能通过整治工程改变。"

"我知道他们想拆迁，可是邢家桥的房屋没有达到拆迁标准啊。"

谢兰和父亲一起坐在被浓浓夜色充满的阳台上，他们摆谈起更多的陈年往事，从"五根黄桷树时代"，也就是她和大多数邢家桥居民共同拥有的人和乡时代，到人和的开发时代；从她初中毕业后在鞋厂打工，到自己当老板开鞋厂、开石场、搞运输，再到邓美清把她拉到社区来工作，然后一干就是十九年；也说起小时候父亲是多么忙……

1983年的癫痫与电灯

谢兰和已经八十多岁的父亲谢家华，坐在 2018 年 12 月 11 日的夜里，回忆起 1983 年的 7 月。

我曾经听到过一种说法，说美女的一个特征是：笑的时候露出八颗牙齿。

我想人们之所以会认为这样的笑容很美，应该是因为这样的笑容很灿烂，是发自肺腑的，因此具有强烈的感染力。

谢兰就是一个拥有这样笑容的人。她的很多同事曾对我说起她最大的特点，就是她特别爱笑。我在整理这本书所需要的照片时，也发现在很多照片中，谢兰都是笑得最灿烂、最开心的那一个。

因为她的笑，同事和居民们都会受到她的感染。

而她灿烂的笑容，则是因为她从小就觉得，自己是最幸福的那个孩子。

"幸运的人一生都在被童年治愈。"现在，作为成年人的谢兰，经常挂在嘴边的一句话就是："在我童年的字典里，从没有'忧虑'这个词，因为爸爸妈妈特别爱我。"

在她眼里，爸爸妈妈也是世界上最好的爸爸妈妈。

那年，父亲四十多岁，刚刚从人和区公所调到龙溪乡当乡党委书记。他1962年从江北师范学校毕业后务了三年农，然后在人和信用社当了两个月会计，之后就一直在人和区公所工作，当过贫协干事、民政干事、知青干事、区公所文书。

据《江北县志》记载，人和地处浅丘，西北高东南低，有耕地168万亩，水利灌溉面积72%，主产水稻、小麦、玉米、红苕，并产油菜籽、花生等，为县渔业、奶类、蔬菜生产基地之一。

简而言之，人和当时是农村。

1983年的重庆，夏天没有电风扇，更没有空调，一连好几个月，人们就像生活在蒸笼里一样。

"谢兰,你老汉好哦,你老汉是干部,每个月还有三十多块钱工资。"

那一天,被谢兰唤作"四孃"的周道群,边在田里掰苞谷,边抬起头,抹了一把汗,对谢兰说。

"但是她老汉儿好辛苦哦,我们埋到脑壳种田就是了,他又要种田,又要管那些杂七杂八的事。"已经嫁到人和乡双桥大队几个月的新媳妇黎国平说。

"也是哈,区公所那些扯皮撩筋儿的事情,哪样不找他?而且回家跟我们一样,气都歇不到一口,卷起裤子,戴起斗笠就下田。"

两个人做了一番比较,又埋到脑壳掰各自的苞谷。

她们说谢兰的爸爸谢家华很忙,但这,其实却是最让谢兰自豪的地方。她喜欢看到爸爸给乡亲们解决了一件又一件麻烦事之后,乡亲们脸上露出的开心的笑容。

这样的时候,她就会觉得自己特别爱爸爸,以爸爸为荣,也因此,她特别听爸爸妈妈的话。

但那天,她却没有时间和她们摆龙门阵:"四孃,黎姐,我不跟你们说了,我哥哥又犯病了。"谢兰跟着来报信的老师,急风火扯地往学校的方向跑。

还没跑拢学校,就看见校门口围着一圈人。

"谢兰,快来看,你哥哥又发羊儿疯了!"

哥哥躺在地上，全身僵直，绷紧，抽搐，转着圈儿地蹬腿，口吐白沫，神情十分痛苦，谢兰赶快跑过去按住他，掐他的人中、虎口。每次哥哥发病的时候，最重要的就是按住他，避免他在失去知觉的情况下，咬断自己的舌头，或者滚进家旁边的水凼凼淹死。

周围一圈围观的人。

现在，我们可以知道：癫痫俗称"羊儿疯"、"羊角风"或"羊癫风"，是大脑神经元突发性异常放电，导致短暂的大脑功能障碍的一种慢性疾病。它以突发意识丧失和全身强直、抽搐为特征，典型的发作过程可分为强直期、阵挛期和发作后期。一次发作持续时间一般小于五分钟，常伴有舌咬伤、尿失禁等，并容易造成窒息等伤害。

1983 年，14 岁的谢兰在围观的人群中，拼尽全力掐她哥哥的人中和虎口。

虽然每一次都是这样掐人中，掐虎口，但那一次却有些不一样，那一天，哥哥表现出的痉挛好像特别强烈，个子小小的谢兰完全无法制止他的抽搐，而且眼看他就要掉进水凼凼了。

那一瞬，谢兰心里有些害怕。

"如果哥哥滚进水里淹死了怎么办？如果我按不住他，他把自己舌头咬断了怎么办呢？"她心里一闪念，但很快，她战胜了自己的恐惧，继续拼尽全力掐着哥哥的人中和虎口。

"叔叔，叔叔，你去喊一下我爸爸吧。"

"叔叔,你快点儿去帮我喊我爸爸吧,我有点儿按不住哥哥。"

天已经黑了,哥哥还没有停止抽搐,围观的人群逐渐散去。爸爸还没有来。

8月的夜晚,谢兰已全身是汗,依然在拼尽全力掐着哥哥的人中和虎口。

"谢兰,你爸爸说他在忙牵电线的事情,现在过来不到。"那个叔叔回来了,他这样对谢兰说。

慢慢地,费了九牛二虎之力,哥哥终于平息了下来,从来没有哪一次的发病时间有这么长。

谢兰终于瘫坐在地上。

她很累,但她却没有怪爸爸,因为爸爸工作一直都很忙。

从出生到两岁,她就很少在家看到爸爸,听妈妈说,爸爸被区公所抽调去修襄渝铁路了,那时候爸爸是江北民兵团二十五连连长。

6岁时,有一天正跟爸爸在田里追来追去捉迷藏,又听爸爸跟妈妈说,他要被区公所调去修川汉铁路了。果然,这之后,谢兰六到七岁的两年间,他都很少在家。

1976年,也就是谢兰7岁之后,爸爸就回区公所办公室上班了,这也是谢兰感觉最幸福的时光。

虽然爸爸依然工作很忙,上班时要走村串社,开各种会,下班后不管哪家出了啥子事情都要找他,没人找的时候,也是每天一回到屋,就卷起袖子,戴起草帽,下田帮妈妈干农活儿。

哥哥因为有癫痫,在学校还比她低一个年级。每天放学后,哥哥都跟在谢兰身后回家,经常走着走着,突然就发病倒地。而且因为有病,哥哥经常心情很烦躁,在学校里不是惹这个同学,就是薅刨那个同学,每当这种时候,老师就要请"家长"谢兰,她就马上像个小大人一样赶去处理。

除了一个有癫痫的哥哥,她还有一个弟弟、一个妹妹需要照顾,但她感觉很幸福,因为每天都可以见到爸爸。她总觉得爸爸妈妈是最爱自己的,自己是最幸福的,爸爸妈妈从不让她做打谷子、栽秧子这些农活儿。

但是那天,因为用力掐哥哥的人中、虎口掐了太久,这个14岁的、从来都很快乐的女孩儿真的感觉有些累。

她静静地坐在青草边歇息。

直到她听到坡坡上传来一阵欢呼声,抬头一看,是一片从未有过的亮光。

准确地说,是灯光!是从未在双桥大队十三队出现过,却又让十三队的人们羡慕了很久的灯光!

在那一天之前很久,准确地说是一年多以前,双桥十二队、十队和十一队就用上了电灯,这令十三队的村民们艳羡不已,但羡慕之后也只能长长地"唉"一声。娃儿们依旧就着自己家的煤油灯写作业,然后揉揉被晃得生疼的眼睛;大人们也只能在娃儿旁边，就着煤油灯的余光，把破了的裤子拿出来补疤；家家户户还会尽可能把灯捻弄细了，因为供销社给每一家的煤油都有限制，灯头小，耗油就慢，点的时间也长，虽然这样就更伤眼睛。

谁叫十三队穷呢？十三队没有企业，不像十二队，来了个南江地质队，十队来了个第九建筑公司，十一队有重庆百货公司的仓库，这三个队的村民都可以到这几个企业打工，所以有钱，安得起电灯，最重要的是可以从那几个企业牵电线过来，而这一切，十三队都没有。

但现在，1983年盛夏的这个晚上，十三队终于也通电了！从此再不用忍受那晃死人眼睛的油灯了。

现在，51岁的谢兰依然记得那神奇的一瞬，她坐在坡坡下面，看到欢呼声中，坡坡上整个亮了起来，她赶紧往家跑。

这时，她生病的哥哥已经回家好长时间了。

家家户户的钨丝灯泡都亮起来了，那灯泡圆圆的大肚子，黄黄的瓤，十分惹人喜爱。在这大肚子灯泡发出的亮光里，传来响彻学堂院和板栗湾的笑声和各种各样的赞叹声。大家从此可以告别煤油灯，可以告别那左右摇曳的黄豆般的光源，再也不用忍受那难受的熏眼的感觉。

原来在谢兰没有等来爸爸的时候，她的爸爸谢家华正带着工人，把电线牵进他们所在的双桥十三队。

五根黄桷树一片光亮，学堂院一片光亮，双桥十三队一片光亮，坡坡上一片光亮，坡坡下一片光亮，到处都一片光亮！

跟谢兰没有亲戚关系但被她喊作"四孃"的周道群，苞谷也不掰了，从田里走回屋，面带微笑望着白炽灯，望了很久，说了一句："那现在有电了，就可以存钱买电风扇了嘞。"

"是嘞，那夏天就凉快了。"刚刚嫁到双桥不久的新媳妇黎国平说。

而那晚在谢兰家中，亮光中，谢家华内疚地看了两眼他患有癫痫的儿子，谢兰有癫痫的哥哥。

他想把那个可怜的脾气暴躁的病娃儿、因为生病在学校里经常惹是生非的病娃儿揽进怀里，跟他说"对不起"，但他只是在脑子里想了想。

他也想跟那个又要照顾生病的哥哥，又要照顾弟弟妹妹的老二说几句什么，但也只是张了张嘴。

这时谢兰的妈妈卖菜回来了。

一家人又整整齐齐地坐到了桌旁，开始晚餐。

直到现在，2020年，谢兰最自豪的事情，就是从小他们家吃饭都是六口人整整齐齐围坐桌旁，一起举箸，共同刨饭，哪怕桌子中央摆的只是两碟咸菜，不像别人家，自己饿了，就自己舀碗饭，蹲屋角刨了。这让她感觉自己的家庭很幸福，感觉自己一直生活在父母的爱中。

这一天又是这样。大家又围坐一起时，谢兰并不觉得爸爸有丝毫需要内疚的。

因为爸爸今天干了一件伟大的事!

同样是围桌吃饭,这一天和以往所有日子不同的是:在已经有了无数条裂缝的小木方桌上方,有一盏白炽灯正发出橙黄色的温暖的光,照着六碗白米饭,桌子中间的一盘炒藤藤菜和飘着两片肥肉的白菜汤。

六个人都觉得特别幸福,包括黄昏时分还口吐白沫的哥哥。在充满成就感的疲惫中,谢家华还让妻子找出杯子和过年时才喝的老白干,就着藤藤菜,晕了两口小酒。

已悄然入夜的五根黄桷树,每一个家庭都像谢家一样,充溢着突然降临的幸福感和获得感,大人娃儿都兴奋得像过年一样,舍不得睡觉。

后来,谢兰说她爸爸在乡亲心中特别有威信,很大程度上是因为没有他爸爸谢家华,十三队还不知什么时候能用上电灯。

把电线牵进十三队,共用了六根电线杆。

然而因为那六根电杆,谢家却吃了好几个月咸菜。

十三队是怎么通上电的呢?

1983 年,谢家华从人和区公所调到龙溪乡当党委书记之后,就听说可以把十队那里的第九建筑公司的电,牵到他所居住的十三队。东问西问,他又正好问到一家企业有电线杆。

他给村民们讲的时候,每一个人眼里都闪着期待的亮光,毕竟大家羡慕邻队的电灯久矣！"要安要安！"大家都说，毕竟，安了电之后，晚上娃儿做作业的时候，眼睛不用再那么累了，大人也不用做完活路，为了省油，就早早吹灯上床睡觉了。

一根电线杆二十多元，谢兰的妈妈当时种菜之余，还兼队里的会计，马上刷刷刷敲了一阵算盘，算出了每家应该出多少钱。

都说要安，但看到算出来每家需要分摊的钱，好多人却都沉默了，好多家都拿不出这个钱，但又想用电灯，有几个人张了张嘴，又闭上，然后很不好意思地问谢家华："这个钱可以先欠着吗？"

谢家只好垫着这个钱，哪家有钱还了，再还。

当时谢家华每个月只有三十多元钱，每年卖猪有几十元积蓄，这下都垫进去了。

然后全家吃了好几个月咸菜，垫的电线杆钱才陆陆续续全部收回来了。

开始挣钱了

五根黄桷树通电之后，谢兰每天都特别开心。

第二年，也就是1984年，她初中毕业了。

爸爸谢家华想让她继续读书，考大学，她却对爸爸说："我想参加工作！"

因为在她眼里，爸爸妈妈确实辛苦。妈妈不说了，清早起来就下地，爸爸呢，上班时忙个不停，一下班，又要帮妈妈干农活，但只要有人喊声"谢书记"，又立马从田里上来，披上衣服跟着人家就走，经常是天亮了才回来。

爸爸一个月三十多元钱，抽的是八分钱一包的"经济"烟，兄弟姐妹四个，哥哥又有病，家庭的经济收入，就是爸爸的工资，加上妈妈卖点儿菜、卖点儿肉。

懂事儿的谢兰也想为家里分担。

她希望家里多个挣钱的人，而自己就是那个人。

"那，你去哪里上班呢？"看她那么想上班挣钱，为家里出力，爸爸问她。

这个问题她还没想好。

几天之后，爸爸回家兴高采烈地对她说："二妹，我今天跟龙溪制鞋厂的说了我女儿会打缝纫机，别人一听，好洋气呀，就愿意招你进去，你要好好打缝纫机哟。"

"老汉儿，我打缝纫机还不熟练！"谢兰一听，急了。

"你抓紧练！"

就这样，谢兰第二天就去龙溪制鞋厂报到了，这家工厂是专门给当时重庆著名的六一制鞋厂生产鞋帮的，她的工作是计件做鞋帮。

进厂三天，她就真的学会了踩缝纫机，而且踩得又快针脚又细密，其实是她跟管缝纫机的大姐说了很多好话，人家才让她下班后摸缝纫机的，然后她就逮着机会，一直练到晚上十点才回家。

后来，由于白天限电，晚上十一点才来电，早上四五点又断电，谢兰开始每天上夜班，她上班的地方，就是现在冉家坝那里的"耍坝"一带，她从小天不怕地不怕，晚上走夜路从来不要谁送，兜里揣把剪刀，边哼小曲边洋歪歪走得好不自在。"我才不怕遇到'天棒'，我比他更天！"

"天棒"在重庆话中指天不怕地不怕的愣头青。

就是在这个阶段，她每天上下班时，都要经过2018年12月11日要端大粪到社区办公室的王家强的家，那些年，王家强总会从门里跳出来，亲热地对她说一句："二姐，恁个晚去上班啊？"

再说回1986年，那时，谢兰家里终于又多了一个挣钱的人，17岁的她终于可以帮父母分担了！第一个月，人家都是30元奖金，她却拿了50元，比她爸爸谢家华的工资还高！

她喜欢五张崭新的十元大票子叠好揣在兜里的感觉，这顷刻间驱散了她最后一次去学校，在心中跟学校告别时的怅然，她觉得自己很能干，"感觉人生到达了巅峰"。

领到50元奖金的那天，她在厂里的食堂给家里打了两份粉蒸肉，两份回锅肉，还买了十多个馒头包子，花了两块二毛钱，端回家的时候还热气腾腾，爸爸妈妈看了，连忙开心地喊："老大，三娃四娃，都快点来哟，二娃今天开始挣钱了哦！都快来吃哈，冷了不好吃了！"

家里那盏瓦数不太够的电灯下面，哥哥、弟弟、妹妹，都用崇拜的眼光望着她，但立即又把目光转向了桌子中间灯光下那两盆油亮油亮的，瘦中带着肥，肥中又带着筋道的瘦的大肉。一会儿，那两块二毛钱的菜就见底了，六个人都打着满足的饱嗝。

她有一种自豪感，但更多的是祈祷这个家永远这么幸福。

那时候，她爸爸已经调到龙溪乡，当了两年党委书记了。龙溪乡是从人和乡分出去的。说起来，龙溪大坪山（现大龙山），是谢家华的出生地。1940年，他出生在这里，两岁多时，全家迁到了人和乡双桥十三队。

1986年，不仅谢兰开始挣钱了，她哥哥的癫痫也很少发作了。相对而言，这个六口之家，处于幸福和安定之中。

丧母之痛

2019年12月11日，谢兰跟父亲谢家华坐在阳台上摆起那些"老龙门阵"时，她并没有向父亲提起自己检查出肺癌的事，却不可避免地想起了母亲的去世。

苏轼有词曰：人有悲欢离合，月有阴晴圆缺，此事古难全。

即使是生性快乐、阳光的谢兰也曾说："有时我感觉自己突然从地狱到了天堂，有时候又感觉自己突然从天堂坠落到地狱。"

如果说，1988年谢兰成为龙溪制鞋厂一名手脚麻利的女工，按月领工资、奖金，是突然到了天堂，那一两个月后，她就从天堂被打到了地狱。

她记得那是一个少见的阳光很好的周末，她又想去厂里加班做鞋帮。因为她想爸爸、妈妈、哥哥、弟弟、妹妹顿顿都有大肉吃。

爸爸对她说："二娃，你过来一下呢，我跟你说个事儿。"她记得，爸爸的脸上带着笑容，但笑得很勉强。"其实，那个笑比哭还难看。"回想起那个笑容，她说。

爸爸说："今天把菜挑到观音桥去卖了之后，没有担潲水回来喂猪，因为提起箩兜扁担，转了五趟车，去了袁家岗的医学院，拿妈妈的检查结果。"

说到这里，爸爸停住了。

他点燃一根"经济"烟，然后开始咳个不停。

他说，检查结果终于出来了，等了三个月……

说到这里，高大的、身板硬朗的爸爸猛吸了一口烟，又开始咳。

仿佛下了很大的决心，爸爸才说出那个字：癌。

鼻咽癌。

谢兰最怕听到的一个字，谢兰最怕听到的三个字。

在害怕听到那个字的过程中，她的心一点点、一点点地往上提，提到了嗓子眼，然后"砰"的一声，摔得稀巴烂。

等这个检查结果，等了三个月。

"你现在睡一下吧，我早上四点喊你，我们去医学院排队。"爸爸说。

又一次，她和爸爸轮流背着妈妈，走在从人和到袁家岗几乎没有一个人的凌晨四五点里，路上好几个小时，连末班车都没有了，天完全亮的时候，他们终于到了袁家岗，是医学院第一个挂号的。

医生说，她妈妈的癌是"低分化"，他们不懂什么叫"低分化"，医生说就是不能做手术了，是癌症晚期了。

不能做手术了，只能放疗、化疗，1986年12月和1987年1月，妈妈在医学院放疗、化疗，哥哥、弟弟、妹妹都帮不上忙，她和爸爸去袁家岗医学院旁边租了一个很旧很旧的小房子，一个月十元钱，她记得，爸爸说，付了两个月的房租，家里就没什么钱了。

两个月的放疗、化疗下来，妈妈的头发掉光了，而且整天恶心、呕吐不止。

妈妈不同意再住医院，她觉得自己反正没救了，不能搞得"人财两空",再说家里也没钱了。本来卖猪儿有一点积蓄,前几年修房子都全部花完了。

退了袁家岗医学院旁边租的房子,妈妈又回家住了。

需要去医院检查的时候,爸爸和谢兰就一起背妈妈去。谢兰记得,从人和乡到袁家岗,需要转五次车,一个人总共的车费是两毛钱,两个人来回是八毛钱。这在当时算一笔不小的费用,那时她爸爸的工资还是三十多元。

"二姐,一天到黑找你老汉的人太多了,稍微有点儿空,又要担菜去卖,我看他挑起菜,脚都在打闪闪,干脆我陪你去医院吧。"住在第五根黄桷树的赖元兵端着一大钵面,来到了住在第一根黄桷树的谢兰家。

确实是,白天,爸爸谢家华要召开各种会,下班回家村民地里面的秧子死了,从荣昌买回来的猪儿不小心吃了闹药死了,主人家哭得撕心裂肺旳,还有哪家的鸡跑到隔壁的田里去了,把隔壁田里的庄稼踩得稀烂,导致两家人吵架打架……这些大大小小的事情,都要找他,不管啥事找到他,他给婆娘说一声"不等我吃饭了",转身就走,有时半夜三更才回来,有时第二天天麻麻亮才回来,洗把冷水脸,又开门去上班。

下了班没人找的时候,就抓紧下田,摘菜洗菜办菜,半夜两三点开始往观音桥、牛角沱、李子坝、杨家坪这些地方赶,赶去卖菜。开始那些年是拖板板车去,而且还过不到河,去不到市中区，后来可以过河了，而且可以骑自行车了，路上花的时间也从四五个小时缩短到三小时左右，爸爸就觉得幸福了好多。

刚刚觉得幸福了好多，婆娘又得了癌，而且是"低分化"。

那段时间，在观音桥、牛角沱卖菜的时候，谢家华都经常边吆喝，边哭。担起湔水回家的时候，脚经常都在打闪闪。

那时候，谢兰一家和人和乡的村民一样，算近郊菜农，现在问他们，他们都觉得自己当年的境况相对还算富裕。他们主要的活计就是种菜去卖，到荣昌、白沙、合川、永川，去买十多二十斤的猪，回来接着养，养大了，杀了，也是拉到人和场，或者牛角沱、观音桥去卖。

也有村民买奶牛回来挤牛奶卖，像第五根黄桷树的赖家。

还有养鱼的。

爸爸工作太忙了，又要卖菜贴补家用，养活一家大大小小六口人，经常带妈妈去袁家岗看病的事，就大部分落在了谢兰的肩上。

有一天她从袁家岗转了五道车，终于回到人和，天已经黑了，她看见爸爸站在黑暗中，身形有些佝偻，背影很寂默。

那一瞬间她特别想大哭一场。生活怎么那么艰难？妈妈会好起来吗？如果"低分化"也有奇迹呢？

十队的任树英跟她说悄悄话："你妈妈今天在地头摘藤藤菜的时候，我跟她打招呼，我听她说话声音都瓮了。"

她没说话，用袖口擦了一把泪，想忍没忍住。

1988年深秋，妈妈开始神志不清说胡话，一会儿说有人来拉她，拿绳子来套她，一会儿说，"谢兰，吃饭时，你在那里跪着哭干吗？"

她说："我没有哭啊，我坐在那儿吃饭呀。"

妈妈清醒的时候，有一天，又抓着她的手说，她死了之后，要同意爸爸找个人照顾他。因为爸爸太苦了。

19岁的她不知道说什么，只是怔怔地点了点头，然后鼻子就开始发酸。本来想好了不当着妈妈掉眼泪的，想好怎样都要忍住的，还是没忍住。

几天之后，她记得是一九八八年九月初二。

妈妈走了。

虽然已有思想准备，那一天她还是感觉自己突然从天堂坠进了地狱。不，是从地狱坠进了更深的地狱。

她感到喘不过气来，她没妈妈了。那段时间，她不敢一个人待在黑屋子里。

妈妈一离开这个世界，给爸爸介绍朋友的媒人就踏破了她家门槛，因为爸爸很高大很帅，脾气很好，又勤快，还是龙溪乡党委书记。

妈妈离开四个月后的一天，有一天她回家，爸爸告诉她，有三个媒人都跟他说同一个女的，爸爸说，那个女的高高大大的，离了婚的，三个女儿都跟到前夫，而且他了解了，那个女的干农活可以，肩能挑，手能提。

她想起妈妈临死前几天跟她说的话，点了点头。

没过多久就过春节了，爸爸要和那个女人结婚了。

家里决定，由谢兰和妹妹一起，去给住在永兴的外婆送爸爸结婚的请柬。

到了永兴，外婆答应了要来，然后，外婆和外孙女一时间都不知说什么好了。坐在一起相对无言，眼睛都红红的。

她很怕自己忍不住当着外婆的面大哭出来，就挥挥手跟外婆说了再见。

心里仍然堵得慌，出门之后她就豪气地对出来送她们的表姐说："走，我请客！"

点了好几碗稀饭，还有泡豇豆肉末和青椒皮蛋，摆了整整一桌，妹妹说："姐，你真的有钱啊。"

那时她已经在龙溪制鞋厂工作了两年，月月拼起命做鞋帮，每个月都可以收入一百多元了，是爸爸工资的三倍，确实感觉自己不缺钱。

听了妹妹的话，她扯动嘴角，挤出一个笑容。

但心里还是堵得慌。

结果稀饭也没吃完。

虽然心里有些难受，她还是尊重爸爸的选择。

1996年到2006年，是人和大规模开发征地的十年，这个期间，谢兰的爸爸谢家华任人和街道经济开发办主任，仍然一如既往地忙。

腰杆上别BB机

1988年，妈妈去世后不久，19岁的谢兰从龙溪制鞋厂跳槽到了人和制鞋厂。

这时，痛苦之后的她，已宛若一名绝技在身的武林高手，去到人和制鞋厂十五天后，就由做鞋帮的女工被提拔成了仓库管理员。皮鞋进库、入库、清账、采购、分配材料，这位刚刚失去母亲的女孩，每天忍着心里巨大的悲痛，把每一个环节干得有声有色。

这时，双桥的其他人也没闲着，1990年初，黎国平也和她很帅的丈夫在人和场上开了个豆腐摊，自己做豆腐来卖，慢慢兜里也有了点儿钱。

豆腐摊旁边，赖家经常在那里摆摊卖牛奶，就是住在第五根黄桷树那里那个赖家，几乎每天从那里经过时，谢兰都会打一盅牛奶回家。

五根黄桷树和板栗湾的村民们都在跃跃欲试地靠近市场经济，他们不想被紧紧捆缚在土地上，他们想成为城里人，过上城里人的生活，哪怕就跟人和街上那些知青一样呢，毕竟人和的街上属于街村，而他们却完完全全是农村户口。

1990年春节，谢兰的老板给她发了1700元奖金，她把这些钱当了陪嫁，把自己嫁出去了，嫁给了一个在江北县土生土长，读了书回来，又在当乡干部的朱二娃。朱二娃不仅有文化，还和她性格投合，两人性格开朗，朋友多，走到哪里都有人招呼："哎，朱二娃，谢二妹，走哪里去哟？"

幸福的生活过得很快，到1992年春天，他们的女儿已经一百天了，从来都闲不住的谢兰，也在家待了好几个月了。

有一天她抱着孩子，晒着太阳，在坝子里听半导体收音机，听到"有一位老人在中国的南海边写下诗篇"。

1979年，正是这位笃定自信、坚定不移支持改革开放的老人，"在中国的南海边画了一个圈"，于是"神话般地崛起座座城，奇迹般聚起座座金山"。

这位老人是四川人，四川广安人，当时重庆还属于四川，所以这个老人，也可以算是整个人和乡村民的老乡。

这个老人叫邓小平，他掷地有声的四川口音让谢兰觉得非常亲切，而且莫名地鼓励着谢兰。

这一天，在邓小平南方谈话的感召下，抱着女儿晒太阳的谢兰心中热血翻涌,她穿上衣服,抱起娃儿,就去她的媒人杨玉会家,商量一起当时代的弄潮儿,创业开皮鞋厂。

说干就干,在创业氛围浓厚的1992年,两个个子不高、精力旺盛、嘴巴很会说的女娃儿三天就租下了一百多平方米的厂房,又开始跑上跑下办执照、刻公章、跑税务。然后招了三十多个工人,以女工为主。

早上四五点钟就起床,去挤长途汽车,去璧山、自贡的皮革厂进货,有时候去南岸的皮革厂,可以轻松点,不用挤长途汽车。

南岸的皮革厂在河边,在那里进了货,她和杨玉会就背起一百多斤重的皮革,爬坡上坎,到弹子石街上去坐车。夏天,皮革像石头一样重,又贴在背上,比石头热得多,两个二十三四岁的姑娘互相打气:"到了到了,马上就到了,再坚持一下。"

节约,节约,节约,尽可能地精打细算,节约每一分成本,这就是谢兰和杨玉会这两个年轻女老板当时脑子里唯一的念头。

进了货回来,两个人又和三十多个工人一起,通宵达旦做皮鞋。

皮鞋生产出来了,常常是她俩抱着谢兰的女儿,扛着货,走很远去赶公共汽车,到朝天门送货。朝天门批发市场的老板屈银强被这两个年轻姑娘感动了,她俩每周去送一次货,屈银强都利索地把现金数给她们,从不赊账。

当时她们是做童鞋,批发价十多元一双,每周租个长安车,自己跟车，送几百双鞋到朝天门，然后喜滋滋点着几千元票子，想着回去马上可以给三十多个工人发工资了，马上又可以去进货了，马上可以跟杨玉会去嗨一顿火锅，点一份毛肚儿、一份鸭肠，边吃边算账，看看这个月究竟净利润、毛利润是多少……

1993年，赶场的时候，大家都看到这两个个子小小的年轻女老板，腰杆上各别了一个BB机，在李二娃肉摊摊上割肉的时候，腰杆上就"驹驹驹"响了。"那个公用电话占起线的呀？我要赶快给别个回过去得嘛。"谢兰有些焦急地说，在周围赶场的人们那里却特别有范儿。

在人和场乡亲们艳羡的目光下，她找到个公用电话，脆生生来一句："喂，刚才哪个Call我？"

好洋气哦，人和场上的大姐大。

敢拼、敢干、敢闯

1994年，家里出钱，让谢兰弟弟去学了半年开大车。谢兰用家里几个兄弟姐妹的安置款，加上开皮鞋厂赚的钱当首付，又贷了款，买了一辆十四万八千多的东风车，跑运输，主要就是拉条石，也就是在一些地方开石场，给人家青苗费，就得到允许开采石头，然后拉到一些在建工地。

后来又买了一辆长安车，现在回忆起来，谢兰自豪地说，当时重庆北岸运输公司首发四辆长安面包车搞运输，其中就有她的一辆。

后来又买了两辆东风车。

白天货车不准进城，只能晚上拉，两三个驾驶员轮换，通宵通宵地拉，谢兰也一夜一夜地不睡觉，跟着车。

1995年的时候，她买了个大哥大，价格一万七千多。拿在手上，更有老板范儿了。

但其实她半夜坐在东风车或者长安车里硬熬着不敢睡着时，最怕大哥大惊抓抓地响起来，怕里面会传出来哪个驾驶员在路上出了什么事儿的消息。

毕竟开车最怕的就是出事故。

"南山立交堡坎那里，朝天门滨江路，朝天门金海洋小商品批发市场……这些地方的条石好多都是我们那两三个东风车拉过去的。"现在，她自豪地说。

苦命一家：先丧女儿

住在黎国平院子里的，有张秀珍（化名）、李常运（化名）两口子和他们的三个女儿、一个儿子，当时这个家庭虽然也很穷，但还是很幸福，没想到后来会遭遇四个孩子中一儿一女都早早离世的不幸。

张秀珍家隔壁，是龚安珍一家。龚安珍原本是个不幸的寡妇，她女儿很小时，她的丈夫任和鹏就死了，龚安珍独自一人拖着一个儿子两个女儿。好在守寡两三年后，她遇到了另一个关心她和孩子的男人，两人结了婚。

龚安珍特别喜欢谢兰的妈妈，常喊谢兰的妈妈"老辈子"，喊得很亲热，因为谢兰的妈妈很热心，经常帮她。

1988年的一天，邻院在办丧事。扯了个棚棚，里面除了坐着嗑瓜子花生、熬夜打麻将的乡亲，就是一夜间白了头，悲痛得哭都哭不出来，见了人打招呼都木讷了许多的张秀珍、李常运这一对中年夫妻。

简陋的灵堂里摆的是张秀珍、李常运夫妇16岁的女儿的遗体，她死于疾病。

想到那个得病去世，去了另一个世界的邻家妹妹只比自己小3岁，谢兰只觉得张秀珍、李常运两口子比自己更可怜。

当很多人都在临时扯起来的棚棚里没心没肺地嗑瓜子、聊闲天、打麻将时，紧挨着张秀珍、李常运家住的寡妇龚安珍也在角落里悄悄地哭了。

谢兰看到龚安珍在角落里抹眼泪时，她突然也很想哭，她觉得龚安珍一定是想起了自己早逝的丈夫。

看到谢兰瞥到自己在哭，龚安珍一下抹干了眼泪，两人开始聊起天来。这个单身母亲的一个儿子、两个女儿都还小，在她一个人拉扯着他们长大的过程中，再苦再累她都一个人扛着，不愿将自己的脆弱示人。直到她遇到自己的第二任丈夫。

龚安珍家和张秀珍家当时是邻居，紧挨着住，后来在邢家桥社区仍是邻居，一个住503，一个住401，双方一直吵吵闹闹，为什么吵闹，这里先按下不表。

苦命一家：儿子的血案

90年代的一天，曾经在1988年就失去了一个女儿的张秀珍、李常运一家又失去了一个儿子。

而且这一次,连扯起塑料布当临时灵堂都没有,张秀珍、李常运两口子一方面悲痛欲绝,一方面生怕别人知道这件事。

不想让人知道,整个邢家桥新村还是立马就传开了,甚至在整个重庆都传开了。

因为他家儿子是被枪毙的。

那应该是和平常没什么不同的一个傍晚。张秀珍在漏得滴滴答答的厨房里洗碗,漏水主要是主水管周围的一圈,她家和其他家一样,拿个盆子接着。吃完饭家家户户都在洗碗,很快那个盆子里就满了,而且水里漂着满满的油污。

这时候她听到儿子媳妇在房间里吵架,她不想听,因为无非还是那些事,不想听,但声音还是往她耳朵里钻。

"你就是个窝囊废!你还以为你真的是城市人嗦?!你以为你住到城市头,你就真的是城市人嗦?逑钱没得,工作也找不到!老子嫁给你真的是倒霉了!"

"你再说,你再说老子掐死你!"

"老子就是要说,就是要说!你是逑本事都没得嗟!你是逑本事都没得嗟!你他妈天天在屋头坐起,要不然就是打点小麻将,你以为可以靠补偿那点钱过一辈子吗?!没得出息的窝囊废男的!老子嫁给你是倒了八辈子的霉!"

"你个批婆娘,你又找到工作了嗦?你每个月又找得到好多钱嘛!你再说,你再说,老子今天把你杀了!"儿子的声音里透着恼羞成怒。

看着厨房主水管旁飘满油污的水，听着儿子媳妇的对骂，张秀珍很想逃离这个家，逃离这让人窒息的生活，可是又能逃到哪里呢？

然后"哐当"一声，儿子拉开门出去了。

逼仄的房间里有了短暂的安宁，张秀珍也松了一口气："至少，儿子今天是不可能把媳妇掐死了。"不知怎么她脑子里当时冒出这样一个念头，可能是刚才儿子恼羞成怒的语气让她有些害怕。

确实，这下子，至少今晚，儿子是不可能把媳妇掐死了。他们的争战算是暂且结束了。

或者说永远结束了。

因为儿子一出门，就去了卡拉OK厅，最后杀了人，具体细节因为年代久远，已没有人记得。

血案的消息一出，儿媳妇哭得呼天抢地，之后没过多久改嫁了。

1988年失去了一个女儿之后，张秀珍又失去了一个儿子。

走在街上，他们都感觉有人在背后窃窃私语。

从那以后，李常运老爷子几乎不出门了，严严实实地把自己关在了逼仄的房间里。张秀珍则出现了一系列的古怪行为。

好在他家的另两个女儿很孝顺。

1992年拆迁安置之后，李常运家住在新村某一栋的503，住在同一栋401的龚安珍是他们以前住在板栗湾同一个院子里的邻居。当年那个一个人含辛茹苦拖着三个孩子的寡妇，现在生活总算有了一些转机，她的第二任丈夫对她不错，她的三个孩子正在长大，大儿子任和龙已经和别人合开了一个工厂，算是邢家桥新村的佼佼者。

市民化的困境

"你还以为你真的是城市人嗦？！你以为你住到城市头，你就真的是城市人嗦？述钱没得，工作也找不到！老子嫁给你真的是倒霉了！"

采访到这里，张秀珍前儿媳妇的话在我心中回响了好几次，似乎是一种尖利的诘问，让我无可避免地思考到一个问题，那就是——被征地农民的市民化社会融入问题。

或者说，"农转非"居民在市民化过程中遭遇的困境。

早在1992年，人和的开发就拉开了序幕。但其大规模的征地拆迁，还是在2001年北部新区挂牌成立之后。2003年前后，人和街道逐渐形成了8个社区，除天湖美镇外，其余7个社区均为混合型社区，主要以"农转非"居民为主，转非居民约3万人。

"那时才叫乱哟！"人和街道社区事务服务中心主任、原人和街道和睦路社区党支部书记张斌回忆。

"农转非"居民刚搬来时，楼道上堆满杂物，有旧农具、旧家具等，仿佛明天又要下地干活似的。他们舍不得扔，就堆到过道上，影响通行还带来安全隐患，但没有人认为这样做有什么不对。

社区建成后绿树成荫，"但一些居民并不领情，晾衣服、晒铺盖都在树上，搞得像挂了万国旗"。

最让人头痛的陋习是高空抛物、摩托车上楼、阳台喂鸡和车辆堵路。"有些人随手扔东西成了习惯，搬进高楼仍然随手扔，危险就大了；有的居民有摩托车，我们专门修了车库，25块钱一个月，他不愿掏钱，又怕车丢了，就把摩托车开进电梯上楼；还有人在公共绿地种菜、在阳台上喂鸡，更有甚者将家人的骨灰盒埋在自家窗外绿地中；社区道路本来就不宽，有人把车停放在小区道路上，万一有火灾，消防车进不来，岂不要出大事？"

如果说，这些只是"农转非"居民在生活方式、生活细节上和城市的格格不入，那么，对于人和转非居民来说，更加直指核心的困境则是：他们在1992年、1993年搬进邢家桥新村的安置房，率先被安置进工厂，成为居民，欣喜若狂，却在随后的岁月里，很快失去了那一份安置的工作，房子越来越破旧，心里越来越失望，生活越来越窘迫。

写到这里,无意中,我在手机上看到一篇关于如何促进失地农民市民化社会融入的文章。作者是一位社会学博士,她的研究方向是三农问题、犯罪问题、社区问题。她在这篇论文中指出了被征地农民市民化的困境及路径选择。

事实上,虽然发生在张秀珍儿子身上的事是一个极端的个例,但其中折射出的社会问题却是具有共性的,而且是我们建立和谐社会亟须思考和解决的社会问题。

那篇以市民化困境为主题的文章指出:据 2009 年中国社科院发布的《社会蓝皮书:2010 年中国社会形势分析与预测》,2012 年或 2013 年我国城市化水平将超过 50% 的结构转换临界点,并在 2015 年达到 53% 左右。这虽然只是过去某一个时点专家对随后几年我国城市化的预测,却有助于我们现在转回头去看时,再一次审视从 20 世纪 90 年代初,到 2015 年,甚至到现在,我国总体上一直处于的城市化进程中的加速阶段。

伴随着我国城市的扩张和城市建设的加快,耕地的迅速减少,越来越多的"农民"在一夜之间变本地移民为"市民"。从数据来看,一般每征用 0.067 公顷(1 亩)耕地,就产生 1.5 个失地农民。据推算,目前,我国被征地的农民人数已经数以亿计。这数量巨大的被征地农民虽持有城市的"通行证",却缺乏在城市生活的基础,缺乏在城市谋生的手段,甚至在相当长一段时间内,他们不能适应城市的生活习惯,被排斥在真正的市民之外,而农民的身份也一去不复返了。如何使这些"本地移民"尽快地融入城市生活，完成市民化进程，是当今学术界关注的热点问题。

换句话说，被征地农民的市民化，是现代化进程中最为突出的问题，也是目前城市化的发展目标。

而这数以亿计的被征地农民要想真正市民化，即真正融入城市生活，必须具备三个方面的基本条件：首先，身份转为市民，并且能够在城市中找到相对稳定的职业，即首先应该是生产方式的融入；其次，能够获得与城市市民相同的社会保障，并逐渐形成与城市市民接近的生活方式；再次，由于这种生活方式的影响和与城市市民文化的接触，使他们能够形成与城市市民相同的价值观和城市归属感，进而产生自我新身份的认同。

关于第一点"在城市中找到相对稳定的职业"，有学者指出，城市劳动力的平均受教育时间为12.2年，而农村劳动力的平均受教育时间为7.7年，即一个被征地农民若想在就业能力上和城市劳动力相竞争，他大约还需要接受4.5年的教育培训。有调查发现，农民在被征地以后，大部分人都没有被安置就业，而是直接被推向劳动力市场。在我们现在所讲述的这个邢家桥社区的故事中，1993年"农转非"的居民虽然当时都被安置了，但安置他们的几个厂也很快就垮了。

据调查，被征地农民的学历以初中学历为主，年龄普遍在30到50岁之间，基本没有接受过任何培训，没有一技之长，失业之后，在参与城市工作岗位的竞争时必然处于弱势。在问卷调查中，受访者对找工作难易程度的评价较为一致，认为"难"的比例高达65%以上。而"没有技术""年龄偏大""没有文化（学历低）"是受访的被征地农民所认为的导致他们难就业的主要原因。

找到工作者，其工作类型也无外乎是"扫把、拖把、铲把"等"三把"类工作，或是保安、保洁、环卫工、自行车修理、厨师等服务行业的工作，以及卖早点、卖报纸、摆水果摊、烤红薯等个体经营类工作。据统计，就业的被征地农民中，从事服务行业的工作者占40%以上，而小个体经营类工作者占25%，到处打零工者占10%以上，较少的失地农民从事制造业工作，比如机电工、车床工等，极少数人能够从事会计、文员、教师和社区等工作。

可见，被征地农民的市民化融入并不顺利。虽然很多失地农民在户籍上已经转为"城镇户口"，但是其生产方式并没有随之转为城镇就业。

"你还以为你真的是城市人嗦？！你以为你住到城市头，你就真的是城市人嗦？逑钱没得，工作也找不到！老子嫁给你真的是倒霉了！"

90年代的那个晚上，张秀珍、李常运儿媳妇在和他丈夫争吵中尖利的发问，既和随后发生的血案有着某种情绪上的关联，也提示着我们去重视和研究被征地农民,或者说我们俗称的"农转非"这个群体的市民化融入问题,因为这关系到我们城市化和现代化进程,关系到全面建设小康社会,关系到整个社会的长治久安。

超高的离婚率和"断代现象"

被征地农民能否在城市找到相对稳定的工作,能否顺利完成市民化融入的进程,这又在很大程度上影响到他们的婚姻是否稳定幸福,和家人的相处是否融洽。

"邢家桥好多离婚的哦。"婚姻曾经触礁的黎国平曾这样对我说。

家是一个人的港湾,家又是社会最小的细胞,虽然结婚、离婚是一对男女的自由选择,但一个社群,因为经济原因,出现过高的离婚率,无疑会对和谐社群的建立产生影响,从而影响社会的长治久安。

因为高离婚率,也因为不少青壮年为了生计,不得不外出打工,邢家桥社区有很多的"断代家庭",即一个或两个空巢老人,带着一个留守儿童——他们的孙子或孙女。

6栋2-1的李和元（化名）家，就是一个这样的"断代家庭"。

年近七旬的李和元脚部残疾，靠老伴王三碧（化名）帮人家干家务活儿养家，他们的儿子退伍后忙于外出挣钱。又因儿子儿媳工作都不稳定，两人感情不和，最终离了婚。离婚后，上初中的孙女跟了两个老人。

孙女正值青春期，需要父母陪伴，身边却常年只有李和元和老伴；李和元本人腿脚又不便，看到这一切，有时忍不住发脾气，他一发脾气，从早到晚在外帮人家做家务挣钱的老伴就更委屈。

邢家桥有很多这样的家庭。

女老板变身居委会大姐

平时我们说到"居委会大妈"这个词，常常充满一种善意的戏谑，似乎这就是"婆婆妈妈"的代名词。

我不知道在世纪之交的2000年，31岁的谢兰从一个手拿大哥大的女老板，变成一个"婆婆妈妈"的居委会大姐，是否也因为她意识到了她从小熟识的邻居们在市民化过程中遭遇的困境，以及因为经济压力导致的频发的家庭矛盾，而想以己之力，为她熟悉的"农转非"居民们摆脱这种困境尽量多做一些事。

我不仅想起谢兰的一句口头禅:"居民们真的是太苦了。"

居委会,其实就是社区管理组织。那么,这个风风火火的女老板,究竟是怎么成为一个天天帮居民处理鸡毛蒜皮事情的社区干部,或者说,居委会大姐的呢?

我心里有些好奇。

"2000年第五次人口普查,现在是第七次人口普查,这一晃已经是20年了。"

是啊,人生有多少个20年。

那一年谢兰31岁,开过皮鞋厂、石场,后来买了两辆大东风车、一辆长安车跑运输,因为孩子还小,慢慢把运输交给自己弟弟和丈夫朱二娃的弟弟打理。

"谢兰,我简直忙不过来,你来帮一下我吧。"朱二娃好朋友的妻子邓美清,当时在邢家桥社区工作,有一天她这样对谢兰说。

2020年,我在谢兰办公室看到了这位高高大大、利利爽爽,后来被称作"美书记"的邓美清。在谢兰之前,她曾在邢家桥社区当了多年的社区书记。

和谢兰曾经是人和镇双桥大队十三队的村民一样,邓美清曾经也是人和镇万年大队二队的村民,和谢兰与其他村民一样,她也是在邢家桥"农转非"安置房建起后,成了住上楼房的市民。

1985年6月,18岁的邓美清高中毕业,差几分考上大学。

她本想复读一年,再圆大学梦,但家境并不富裕的她权衡左右后决定辍学,到重庆观音桥做起服装生意,凭借自己的辛劳和智慧,成了一个十足的"小老板"。

1992年、1993年人和开发时,谢兰开始开皮鞋厂、石场,邓美清那时也正在做服装生意。

她的性格也和谢兰一样:热心肠、会做事、能说会道。所以,早在那个时候,不少村民和大队书记都推选她做社区干部。

"从没接触过社区工作的我一直推辞,后来人和镇的赵书记、李镇长都来给我做工作。"邓美清性格本就爽快,禁不住一再做工作,就这样,从邢家桥社区开始筹备,到1993年社区成立,她成了一名社区干部,也可以说是邢家桥社区的"元老"。

邓美清在邢家桥社区做过会计、妇女主任,2002年开始担任社区党支部书记、主任,一人身兼四职。每家每户她都跑过几十上百趟,在她带领下社区被管理得井井有条。

2000年,当邓美清想让谢兰来社区帮忙时,谢兰心想,工作就在邢家桥社区,离家近,可以照顾孩子,又帮了朋友的忙,有何不可呢?天生性格耿直的她一口就答应了,虽然这之前谢兰并没干过社区工作,也谈不上喜欢。

谢兰开始在邢家桥社区帮忙,算是临聘人员。

其实当邓美清找谢兰来帮忙时,她心里还是有些打鼓的,毕竟人口普查这个工作,要挨家挨户去敲门,请人家配合工作,有时候人家根本就懒得开门，直接让你吃一个闭门羹，而谢兰，人家大小还是个老板。

对于从小在第五根黄桷树长大的谢兰来说，走家串户，去跟从小看着自己长大的叔叔孃孃们摆龙门阵，和自己儿时的哥儿姐儿们交谈、了解情况，其实本来就是一件开心的事。但没想到的是，就是那些从小亲得不能再亲的邻居，也有个别人因为不想被打扰、不想自己家"隐私"被人知道，而让她吃闭门羹。

那些以前不认识的外来户就更不用说了。

知道里面有人，但就是不开门，换一个人早就受不了了，或者摊摊手说一句："他不开门，我有什么办法？"但对谢兰这个耿直人来说，既然答应了邓美清，那就肯定会不折不扣地去完成。

"人家不认识我，出于安全考虑，不想开门，也很正常吧。"以她的善良，总觉得人家不想开门完全可以理解，至于那极个别的从小一起长大的邻居也不开门，"那，那他肯定是有他自己的原因吧"。

她的办法是，不行就在外面多等等，人家知道自己没恶意，总会开门。事实上，人家确实最后都开门了，而且慢慢地，还跟她摆谈了很多，可能不管以前认识还是不认识，大家都能感觉到她的善意吧。

她的为人、性格和能力，邓美清也都看在眼里，"要是谢兰能一直在社区干该多好啊"，那时候邓美清就暗暗地想。

不知不觉，"临时工"就干了两年。到 2002 年，邓美清当了邢家桥社区的书记，又兼会计和妇女主任，社区当时只有五个人，更是忙得不可开交，所以她又动了请谢兰来邢家桥社区干的念头。这次她请谢兰来当计生专干，管计划生育，前后共请了三次。

说实在的，开这个口之前，邓美清也有过犹豫，她实在没把握谢兰会不会答应，毕竟人家以前是个生意做得风风火火的时代"弄潮儿"。

而谢兰确实也很犹豫，就像当年邓美清没接触过社区工作时一样。90 年代初，村民们看邓美清泼辣能干，一致推举她当社区干部，那时，因为不了解这个工作，她也想推辞。

谢兰也一样，毕竟开始只是为了帮邓美清的忙，结果一干起来，因为和居民有感情，不知不觉就已经干了两年。

所以邓美清想让自己在社区长期干，她心里还是有些打鼓。暗夜里她反复问自己：曾经风风火火创业，现在真的甘愿每天、每时每刻都去处理那些东家两口子吵架、西家娃儿没人照看的鸡毛蒜皮吗？人家会不会觉得她谢二妹是混不走了？

晚上睡不着，她的脑子里像过走马灯一样闪过社区那些人：失去了一个儿子、一个女儿的张秀珍、李常运老两口，住在这老两口隔壁的龚安珍，开小面店的周掰掰，欢欢喜喜带着丈夫和女儿搬进新村后来却时时被漏水所苦的黎国平，外面搬进来的开洗染店的任芳，说话容易激动的老太婆宋远芳，有经济头脑、东做点生意西做点买卖的王家强……

这个曾经手上随时拿着大哥大的女老板突然发现，她喜欢天天在这个地方，这个社区，处理好东家的鸡毛蒜皮，又去劝劝吵吵闹闹的西家两口子，看到人家满意地离去，她发觉自己内心竟会莫名地升起一种满足感和成就感，就像当年在五根黄桷树热闹的院坝会上，在"大战红五月"时忙中偷闲的田坎会上，她总是跑来跳去最开心的那个。

这个土生土长的"土妹子"，发觉自己和这个地方的感情真的很深。

第二天，她答应了邓美清。

谢兰回忆说，当时社区给她的补贴是每月两百元。她悄悄地对邓美清说："你干脆每年给我发一次吧，这样也有2400元。"

毕竟，那时候，谢兰兜里经常揣着一千多元现金，"还是很牛的"。她现在回忆起来这么说。

丈夫朱二娃跟她开玩笑："真的决定了去社区工作呀？决定了就不能反悔哟。"

"不反悔。"她说。

做了这个决定，谢兰就忙着跑去告诉她的父亲谢家华，他们住的地方就隔一条街。干了几十年基层工作的谢家华一听说这个，高兴得当时就倒了一盅老白干，喊老伴炒几个菜，边晕小酒边说："好事情好事情！你到社区去好好干！社区是我们国家的基础，搞好社区就是为国家打好基础！基础不牢，地动山摇！我们要尽力搞好社区工作！让我们国家基础扎实，百姓安居乐业！你搞社区工作要踏实，不能偷奸耍滑，更不能贪污受贿，一定要做一个称职的干部！"

于是，就在那一年，2002年，通过选举社区居委会委员，谢兰正式成了基层治理组织的一员，虽然是因为邓美清的力邀，她才开启了自己的社区服务生涯，但当选举的结果出来时，她却莫名地有了一种沉甸甸的使命感。她隐隐地感觉，自己的一生，都将和这个岗位结下不解之缘。

坝坝舞跳起来

谢兰是个做事卖力、闲不住的人，她喜欢把什么都搞得红红火火，看不得死气沉沉。

当了邢家桥社区的计生专干，又分管文化的她，发觉平时社区里都关门闭户的，谁也不跟谁来往，她想起以前的"五根黄桷树时代"，大家坐在田坎上天南海北地吹牛，你尝一筷子我碗里难得蒸一回的烧白，解解馋，下次我去卖菜时，把娃儿放到你家。

想起这些,她就觉得有点怅然。可能因为穷吧,那个时代确实家家户户之间经常吵架,但天天热热闹闹的,总感觉得到大家都有一副热心肠。难道那种日子真的一去不复返了吗?难道真的一到城市,就染上了"城市病"吗?

可是城市也不是这样的啊。

就像渝中区隔上清寺一个站的大礼堂,算是"城市范儿"很足的地方了吧。这是重庆的标志性建筑,建于50年代初,一入夜,就成了重庆最大的坝坝舞集散地,跳32步的,16步的,穿着拉丁舞服跳拉丁的小姑娘,彬彬有礼邀请舞伴、两个舞伴有模有式走三步然后猛一甩头跳探戈的……

闲不住的她一个念头闪过,决定组织大家跳坝坝舞。

说干就干,平时自认为并没有什么音乐细胞的谢兰开始天天往大礼堂跑。

谢兰想,城市人这么会生活,我们邢家桥人既然"农转非"了,就也要学会这样生活。

于是她天天往大礼堂跑,来不及吃饭,自己花钱打的也要准时赶到。要知道,从人和邢家桥打的到大礼堂,来回大约20元,三天两头打的花的钱在当时也不是个小数目。

那时可不像现在,又是内环高速,又是黄花园大桥,又是渝澳大桥,从人和到大礼堂,可以有很多种选择。

整整半年,谢兰天天去大礼堂学舞,还拿个本子认真记下来。

人家大礼堂那里跳舞时配的什么乐，她也立马照此去买磁带，然后把自己家的录音机提起来放，前半场坝坝舞，后半场交谊舞，不知不觉，曾经死气沉沉的邢家桥社区一到晚上就变得热热闹闹。

慢慢地，周和芬、黎国平、帅从英、田其兰、冯军也跟着谢兰去学，学了就回来带着居民们在邢家桥跳。这几个人成了带舞的主力。周和芬还去观音桥学了腰鼓，回来教居民打。

这几个积极分子中的田其兰后来因为疾病，40岁就离世了，现在谢兰说起这个，还特别难过。

冯军是从外面迁来邢家桥社区的，他身材匀称，天生酷爱跳舞，曾经分配到长安厂工作，因为爱跳舞辞了职，现在已经搬到龙湖西苑去住了。现在谢兰都自豪地说："我们社区不管大人娃儿谁要学拉丁，我微信上吼一声，冯军就给我找免费的老师来教了，虽然免费，但都是很专业的老师，教得很好。经常一教就是一整个暑假。"

除了冯军，当时黎国平也跳得很好，那时她丈夫在外面承包点儿小工程，挣了点儿小钱，她天天没事做，就只想着跳舞。

前面提到，"农转非"居民要想真正融入城市生活，必须具备三个方面的基本条件：首先，身份转为市民，并且能够在城市找到相对稳定的职业，即首先应该是生产方式的融入；其次，能够获得与城市市民相同的社会保障，并逐渐形成与城市市民接近的生活方式；再次，由于这种生活方式的影响和与城市市民文化的接触，使他们能够形成与城市市民相同的价值观和城市归属感，进而产生自我新身份的认同。

如果说，提高"农转非"人员的就业率，应该通过职业技能培训和文化素质的提高，加强对"农转非"人员转变就业观念的引导，以及改进社会就业环境，提高社会吸纳人力资源的能力，提供必要的社会保障是一个制度性的系统性工程，需要国家制定政策，再由街道、社区人员来将其贯彻到"最后一公里"，那么形成城市归属感，进而产生自我新身份的认同，则和社区工作，也就是基层治理关系密切。

因为社区是被征地农民生活、居住、休闲、社会交往甚至感情寄托的场所，是将被征地农民培养打造成现代公民的学校，是实现农民城市融入的独特场域与"新型社会空间"。它帮助新市民实现过去与现在、传统与现代、城市与农村的顺利对接，是他们心理上融入城市生活的起点。

"一个有黏合力的、亲密的社区，在单个的家庭和他们迈进的又大又复杂的城市社会之间充当着一条缓冲地带……这样一种亲密关系给人提供了心理上的防护，可以化解为适应城市生活所带来的压力。社区在引导被征地农民市民化的过程中，正发挥着不可替代的作用。"

我想，当谢兰在新世纪最初的几年里，组织邢家桥社区的居民们跳坝坝舞，让社区居民感到社区是自己充满欢笑的家园时，她也不见得把这些问题上升到了理论高度，但她一定本能地感觉到了一个和谐欢乐的社区对于"农转非"居民们的重要性。

给很多人找饭碗

2002年到2004年，夜幕降临时的邢家桥社区已然很热闹了，大家莺歌燕舞，好不热闹。

然而就在这一片详和中，很多家庭却在遭遇他们的危机。

"谢二妹，快点儿去！黎国平拿刀割手腕了！"2005年的一天，周四孃急急火火跑到社区办公室喊谢兰。

黎国平是领舞的几个积极分子之一，也是从嫁到人和乡之后就和谢兰要好的邻居。

谢兰心里一紧，黎国平这样干已经不是第一次了。

"赶快送医院，赶快送医院！"谢兰带着社区医务人员赶到黎国平家的时候，黎国平正失神地坐在沙发上，沙发旁边已经破了好几个洞的塑料地板胶上有着星星点点的血迹。她丈夫不在家。

很长一段时间以来，谢兰从黎国平家楼下路过时，都会听到黎国平和她丈夫吵架。

"你钱都拿到哪里去了嘛？！我实在受不了这个房子了！粪水都滴到我头发上了，人家但凡是有点办法的都搬走了，只有我们买不起房子的，还在这里苦熬！住这个烂房子！"黎国平对这样的生活充满愤懑。

"你天天跑出去跳舞，天天不落屋，回家灶也是冷的，热水都没得一口！更不要指望你给我弄一顿饭了！你还好意思说我不把钱拿回来！"丈夫也不示弱。

每一次听见他们的争吵，谢兰都会想起两人曾经的恩爱模样。

黎国平1983年嫁到人和乡双桥十队，当年她的丈夫是生产队长的儿子，而且长得很帅，她和丈夫1984年开始在人和场卖豆腐，小两口恩恩爱爱。到1993年"农转非"的时候已小有积蓄，然后丈夫开始承包一些小工程，到2000年之后，丈夫又给女儿买了房。她则每天积极地跟着谢兰去学交谊舞，因为跳得很好，还成了社区坝坝舞的领舞者之一。

婚姻危机应该就是在这个时候悄悄降临的。

黎国平天天跳舞，饭都懒得做，久而久之，丈夫也不会在家干等她，因为老公长得帅，兜里又有几个钱，外面投怀送抱的女子不少，东一下西一下，丈夫做小工程辛辛苦苦挣的银子散了不少。

再加上丈夫做工程收入也不稳定，这一个工程赚钱，下一个可能赔钱，又给女儿买了房，就没有什么积蓄了。

2005年,黎国平再一次割腕自杀被抢救过来回家后,谢兰心情沉重地坐在她的床边。

"谢二妹,不瞒你说,今天我闺蜜的女儿结婚,我真的连凑个份子的钱都拿不出来了。"

谢兰点头。黎国平的情况不说她也知道,她没收入,只要丈夫不拿钱回来,她就没有生活来源。

而丈夫又或者因为没钱,或者因为其他前面提到的各种原因,越来越少拿钱回来。

房子烂,又揭不开锅,夫妻感情也遭遇危机,所以那一段时间黎国平割腕的事发生了好几次。

那一瞬间,谢兰突然感到,自立,对于一个女性来说,实在是太重要了。而自立,最最重要的,就是有一份可以养活自己的工作。

替黎国平擦干泪,谢兰给她找了一份工作,在临时市场当志愿者,黎国平每月有了自己的收入,不多,但节约点用,可以养活自己。

从2015年9月到2017年5月,黎国平都在临时市场当志愿者。2017年6月1日,临时市场改为夜市,她又在夜市当志愿者。

一份足以糊口的工作,让一个女性有了最基本的安全感,也是面对男人和世界时最基本的底气。

同时,谢兰开始发动社区的同事,用心收集各种用工信息,也会动员那些天天在家打麻将，耍懒了的人们尽量出去工作，挣点钱补贴家用。

"只要你愿意，不挑不拣，明天就能上岗。"这是谢兰和她的同事们对居民们说得最多的话。

本来，从2004年开始，邢家桥社区就开始了职业技能培训，当时有宾馆服务员、酒店服务员的礼仪培训，还有电脑培训，恰好那时候社区工作不是很忙，谢兰自己也跑去参加了培训，她的电脑操作技能就是那个时候培训出来的。

2005年黎国平再次割腕事件之后，谢兰更加认识到有一个可以养活自己的职业，对于邢家桥的"农转非"居民来说是多么重要。除了街道每年在秋冬组织的两次培训，谢兰和她社区的同事们更加用心地收集用工信息。推荐的工作中，保安、保洁、保姆等工作要多一点，年轻人不愿做这些工作的，如果辖区的企业需要招收银员、营业员，他们马上就会牵线搭桥。

创建充分就业社区，是邢家桥社区的目标。每年社区会组织培训一百多人次，推荐就业几十、上百人次，虽然也包括干了几天不想干的，但大多数人却由此找到了一份可以糊口的工作。

居民朋友们：

为全面做好就业工作，提升失业人员就业能力，现就开展2019年就业培训工作相关事项通知如下：

一、培训项目

育婴师、母婴护理员、小儿推拿师、照料老年人、护理病人、重庆小面制作、重庆火锅调味、中式面点、西式面点、手工编织、服装缝纫等。

……

这是2019年人和街道办事处在社区发的通知。看得出来，培训的内容已比较多种多样。以下是2020年人和街道办事处发的培训通知，已经更加契合市场。

一、培训项目：家庭餐制作、母婴护理。

二、培训对象：重庆市内、市外户籍（城镇登记失业人员；农村转移就业劳动者；高校毕业生；城乡未继续升学的应届初高中毕业生），未单位参保、注册营业执照的居民。

三、培训时间：家庭餐制作2020年6月9日开始，共4天；母婴护理2020年6月15日开始，共6天。

四、培训方式：线上＋线下培训。

人和街道党工委办事处

在城市找到相对稳定的职业，每月有稳定的收入，一直被看作是"农转非"居民真正融入城市最重要的一环。街道办事处作为政府的派出机构，社区作为居民自治组织，当然也明白这一点。

榜样邓美清

"京海 3 栋 8-2 独居老人黄兴明要米和油","人兴支路 163 号 1-2 李老师家下水道堵","人和家园居民杨宁辉反映龙寿宾馆门口井盖坏了"……

谢兰记得,那时,走进社区值班室,值班记事板上,就这样密密麻麻写满了一条条群众拨打服务热线需要解决的问题。

这就是时任邢家桥社区书记邓美清打造的"半小时便民服务圈"。

邓美清,就是前面提到的谢兰到社区工作的引路人。

2000 年,忙不过来的邓美清让谢兰到社区帮帮她。

2002 年,谢兰正式进入邢家桥社区工作,到 2008 年,她离开邢家桥社区到汪家桥社区工作,这期间,邓美清一直是邢家桥社区的书记,因为她人美,心也美,大家都叫她"美书记"。

对于谢兰,邓美清不仅是带她入门的引路人,更是榜样。

比如"婆婆纠纷队""半小时便民服务圈",都是邓美清在邢家桥社区当书记时提出来的。这些新创的社区工作方法,解决了社区存在的不少问题,也得到其他社区的学习和效仿。

"婆婆纠纷队",顾名思义,就是解决那些家长里短、婆婆妈妈的邻里纠纷、家庭纠纷。"半小时便民服务圈",就是为了给社区居民提供便利和实惠的服务。尤其对行动不便的老年人,有需要维修、用药、理发等,随叫随到。

2006年5月以来,邓美清带着谢兰,还有其他同事,跑遍辖区所有老年活动站、医疗服务站、社区服务站、爱心超市、购物店、维修店、药店、理发店、洗衣店、冲印店、驾驶培训学校,说服了68家服务行业的单位和个人,与社区签订了服务协议,让他们都加入"半小时便民服务圈"。

那时候,后来当上了社区主任的许光静也已经来到邢家桥社区工作了。她是谢兰的"小迷妹",是为了追随她的偶像而来,而她在这里,也和谢兰一样,被邓美清书记对社区的热爱感召着。

为确保服务质量,邓美清还特地在社区开通了服务热线,由她、谢兰和社区另外8名工作人员,24小时轮流值班。只要居民一个电话,社区值班员便联系便民商家,为群众提供服务。

邓美清还给群众承诺,只要群众反映困难和问题,社区工作人员一定会在10分钟内赶到现场,半小时内做出妥善处理。

独居老人黄淑珍家的下水道主管断裂,水外流。老人家心急如焚,打去热线电话,邓美清亲自联系,并带着便民服务点的曹师傅上门,仅用半小时就将管道维修好了,分文未取。

谢兰忘不了黄婆婆当时感动的样子。

谢兰更忘不了，第一次跟着邓美清一起踏进黄庭巧家时的感受。

黄庭巧家住人兴支路82号，她的母亲陈芳信精神异常，天天哭闹，父亲黄林身患绝症，绝望时甚至拿刀砍人。

因为出生在这样一个家里，黄庭巧非常自卑，职高毕业后便闭门不出。

"你跟我第一次到她家来时感受一样。"邓美清说。她说，第一次走进这个家时，她简直不敢相信眼前的情形：一张木床，一张桌子，几根板凳，别无他物。一家三口，坐在厨房的台阶上，母亲自言自语，父亲满面愁容，黄庭巧则沉浸在自己的世界里，不理睬任何来客。

谢兰记得很清楚，邓美清跟她讲起那一幕时，眼里深深的忧伤。这么多年来，谢兰跟在爽朗的"美书记"邓美清身边，就像她的妹妹，这是第一次看到"美书记"眼里有如此浓重的忧伤。

自从邓美清走进黄庭巧家，这个家庭的遭遇，就深深刺痛着邓美清的心。第二天，她买上油、米和衣服，再次走进这个家。却不承想，精神异常的陈芳信，拿起东西就往外扔。邓美清捡起东西，坐在她身边好言安抚，才让陈芳信恢复平静，收下了东西。

从那以后，无论刮风下雨，还是工作繁忙，邓美清天天都往黄庭巧家跑，帮她把身患绝症的父亲送进医院，帮她落实低保政策，发动居民为她家捐款捐物，同时还自己掏腰包，为这个家置办桌椅板凳、烤火炉、燃气灶等。

"邓书记到我家一跑就是五六年，谁能坚持下来？我打心眼里感激她。"慢慢地，在邓美清的帮扶下，黄庭巧找到了工作，结了婚，生了儿子，她母亲陈芳信有了寄托，基本恢复了正常。

像这样帮扶社区贫困家庭的例子还有很多。在帮扶困难群众中，"美书记"自己垫了不少钱，却从来没有怨言，不是她富裕，不在意钱。同事们有时候工作之余，聚在一起议论，大家一致的结论是："美书记心太善了，可能是天生的。"

这一切，邓美清的"学徒"谢兰也看在眼里。

默默感动的时候，谢兰想，她也要成为一个这样的社区干部。

"老百姓的事，再小也是大事！只要把心用进去，就没有做不好的工作！虽然社区书记是一个比芝麻还小的'官'，但既然组织和群众信任我，我就一定要担负起责任，当好这个小官，扎扎实实为社区居民做好事、办实事！"

邓美清经常说的这一段话，谢兰记忆深刻。

转战汪家桥

到 2008 年的时候，谢兰已经在邢家桥社区工作了八年，白天她在邓美清的带领下，和其他同事一起，忙上忙下，忙里忙外，处理社区各种鸡毛蒜皮的事,也尽可能给居民介绍工作,组织职业培训,尽力帮居民解决生计问题,晚上就组织大家跳坝坝舞,她已经习惯了这个地方,也爱上了这个地方。

她习惯了和邓美清一起工作的每一天,也习惯了和邢家桥居民互相陪伴的每一天。

2008年1月8日,她当选为邢家桥社区副主任。

一个多月之后的2月21日,一纸调令,她被调到一个陌生的社区——汪家桥社区,当社区书记。

离开邢家桥,她和居民们互相舍不得,和邓美清互相舍不得,和刚来社区没几年的许光静也互相舍不得,和好多同事都互相舍不得。

然而那边,汪家桥社区,居民们却对她这个外面来的社区书记充满了抵触。

"我们这里就找不出一个社区书记了吗?还要从外面调?难道当这个书记很有油水吗?还从其他社区调一个人来?"

"我们汪家桥人自己不会管自己吗?要调个邢家桥的来?哪里来的滚回哪里去!"

第一次开居民大会,下面就有人毫无顾忌地嚷嚷。

没想到汪家桥的居民竟然这么排外。

"你是新来的书记吗?你能解决实际问题吗?你能帮我把这个事情解决了我就认你,否则我们都不会认你。"

这位居民语气稍微缓和一些,他提出的是一件不大,但一直以来没有得到解决的事。

那件事情第二天就得到了解决,那人开始到处说谢书记好,对谢兰充满敌意的汪家桥人似乎少了些。

然后,就像2000年谢兰一到邢家桥社区工作就碰上了第五次人口普查一样,2008年,她一到汪家桥社区工作,就遇上了给居民们办社保。对于别人来说,这又是一件苦差事,因为要逐家逐户去登记,了解情况,但在谢兰看来,这却是一个走访居民,和居民之间相互了解,消除隔阂的好机会。

果然,办完社保,家家户户也都走了一遍,汪家桥居民几乎都对她不再有敌意。

盘溪河整治

第二年,2009年,谢兰又遇到另一个考验,那就是盘溪河整治,这是"百日攻坚"城市管理活动的一部分。

开始接到这个命令的时候,谢兰心想"上级怎么布置,怎么干就行了",就是一项日常的工作任务。

可是去看了才知道,盘溪河边垃圾堆积如山,臭气熏天,请了专门除渣的来看，说至少要收五万元，因为要用挖掘机运。

然而街道却只答应最多支付一万元钱。

既然一万元不够，谢兰就带头，找了一个辖区的居民牵头，组织志愿者自己干，志愿者每人每天给 20 元补贴。

开工那天，谢兰穿着方便行动的短裤、汗衫、运动鞋，拿着箩筐，提着铁铲，英姿飒爽地带着社区干部和志愿者，来到臭气熏天的垃圾堆旁，带头动手干起来。

在她的带动下，大家一铲铲撮，一锄锄挖，一担担挑，她自己又找来长安车，一车车运。

垃圾运了几十车。终于，用一个星期的时间，垃圾全部搬运走了！

盘溪河终于恢复了它的美丽，社区环境得到了改善。

在上级的预算之内，谢兰带领群众把这个任务完成了，不仅如此，她还感到，在这个曾经对她充满排斥的陌生社区，她已经有了一些号召力，她知道，这是以心换心的结果。

汪家桥老旧房整治：全市第一例

就在盘溪河整治的那一年，2009 年，紧接着，汪家桥社区又着手整治"农转非"安置房，即由社区统一对居民房屋进行防漏处理，统一安装外墙空调，安装抽油烟机、防盗网、防雨篷等。

这是两江新区第一个进行老旧房综合整治的社区，也是全市的第一例老旧房改造。

谢兰，就是那个"吃螃蟹"的人。

由于施工要搭脚手架，可能会暂时影响部分人的生意，这部分人就不依了。

有个姓彭的生意人说搭脚手架影响了他的生意，不允许安装脚手架。谢兰给他解释，说施工只是短暂的，很快就会拆除。

"那你就必须给我补助！"小彭强硬地说。

"这是政府为社区百姓解决困难，这外环境又不是你的，怎么能给你补助呢？"谢兰跟他讲道理。

"你们不拆脚手架，不赔钱，我就要跳楼！"小彭一边大叫，一边往楼顶上跑。谢兰怕他真跳楼，就跟着往楼上追。到了楼顶，小彭站在楼顶的护墙边，要往下跳！

"你千万别做傻事！有什么问题可以协商解决嘛！"谢兰对墙边的小彭喊着话。

"你们把脚手架拆了！赔我损失！"小彭仿佛什么也听不进，只是一个劲儿吼着这一句。

谢兰看到太阳正烈，赶忙叫人给小彭送来矿泉水，又悄悄叫人赶快通知小彭的亲人和好友来劝说他。自己则顶着烈日，给他做工作，对他动之以情，晓之以理。

烈日下，谢兰说得口干舌燥，汗水打湿了衣衫。后来，小彭最好的朋友来了，谢兰和他一起做工作，终于劝说小彭从顶楼下来，不再跳楼了。

这时，小彭的好朋友对小彭说："你干扰了工程进度，造成了施工停产和群众围观，如果谢兰告你，你可能受到惩罚。"

"谢书记，我只求你一件事，能不能不把我送到派出所？"这下，刚才还特别横的小彭，连忙向谢兰求情。

"我们要看你的表现，只要你表现好，我会给你求情！"谢兰回答他。

"我一定好好表现！你就别告我了吧！"

看到最横的小彭都"听话"了，"钉子户"们也都开始配合工程进行。就这样，工程顺利地开展起来了。

通过汪家桥老旧房整治这个项目，谢兰发现了安置房综合整治的难点和痛点，对于如何直面矛盾，开展工作，也有了一些心得，这为她后来圆满完成邢家桥社区综合整治奠定了基础。

而且，以此为起点，后来的她，主导了农贸市场整治、夜市整治、邢家桥社区安置房综合整治，成了一个名副其实的"整整书记"。

"真情走访，真心帮助"

通过汪家桥老旧房整治这个"吃螃蟹"项目，谢兰最大的心得就是，要解决和群众之间的矛盾，最重要的一个字，就是：真。

也就是后来她经常说的一句话：你的心里装着群众，群众的心里就装着你。

基于此，2012年2月，她在自己从事社区工作的经验中，提炼出了"真情走访，真心帮助"这八个字。为随时了解群众的疾苦，呼应群众的诉求，在她的主导下，社区还设立了群众意见收集点。

谢兰在汪家桥社区得到了越来越多居民的信任，社区书记的工作也做得风生水起，这一切，街道和新区的领导都看在眼里，就在这一年，新区党建工作交叉检查，20多个社区互相检查，汪家桥社区得了第一。

2012年5月18日,"真情走访,真心帮助"这出自谢兰肺腑的八个字,开始在整个人和街道推广。

这一切都让作为汪家桥社区书记的谢兰很欣慰,但看到整治一新的汪家桥社区,她又会想到有她无数父老乡亲的邢家桥社区。

邢家桥社区越来越破,但邢家桥的居民们却拒绝整治。

虽然2008年她就搬离了邢家桥社区,但她知道那一年也是邢家桥的房子雪上加霜的一年,因为那年是汶川地震发生的一年。

2008年5月12日下午对于汶川来说是可怕的一天,重庆也同样震感强烈,几乎所有重庆人都吓得从楼房里跑了出来,跑到离楼房尽可能远的空地上。

就是在那之后,邢家桥社区居民的家中开始到处漏水,以前只是厨房和厕所漏。

"我们家的厕所漏到楼下的厕所顶棚上,天气一热,吊顶上积的粪就生了蛆,虫子往下掉,楼下小孩儿吓得哇哇大哭,死活不去上厕所了。楼上漏到我家,我家又漏到楼下,楼下再漏到楼下,见到邻居,她望到我哭,我望到她哭,几家人哭成一团。"

后来,黎国平曾在一次叫作"我的安居梦"的讲述中,这样回忆起整治之前的岁月。

2013年11月21日,谢兰调回了邢家桥社区,离开汪家桥社区的时候,曾经对她充满排斥的居民们,好多都抱着她哭。

汪家桥的居民舍不得她走,抱着她哭,邢家桥的街坊,却高兴地互相传了个遍:"谢二妹要回来了!谢二妹要回来了!"

她回到邢家桥的那一天,社区办公室挤满了来看她的居民,居民们开心得不得了,就像看到自己的姐姐或者妹妹回家。大家一个个轮流拥抱她,对她说:"谢二妹,欢迎你回家。"

而当她回到这阔别了六年的邢家桥社区,最明显的感受就是,老百姓的房子越来越破,老百姓的生活也因此越来越窘迫,这样的状况亟须改变。

她只是没想到,邢家桥的老旧房综合整治,成了她社区服务生涯中遇到的最难啃的硬骨头。

第三章
癌症与一期攻坚

"如果我死了,我希望我的每个朋友都不要来看我,因为他们肯定会说:'你太傻了,自己不晓得爱惜自己身体,拿自己命去拼,该遭!'但我觉得,如果下辈子,让我再选择一次,我还是会这样拼。"

病床上的谢兰在了解整治工程进展

2019年3月21日,一期工程期间,谢兰为4、5、6栋居民调解矛盾纠纷,再次宣传整治工作

随时召开的院坝会

第三章 癌症与一期攻坚 | 105

街道蒋兴益书记、甘敬鸣主任带队到邢家桥推进安置房工程

2019年4月19日街道人大工委主任盛勇到邢家桥社区组织召开安置房开门打洞整治工作布置会

2019年4月28日市区人大代表、政协委员走进邢家桥综合整治现场

收集居民意见

院坝会

冷静下来，不放弃！

2018年12月12日凌晨，谢兰才从父亲谢家华家里出来。父女俩在一起回忆了一晚上往事，谢兰内心因为工作而产生的挫折感已经消解了一大半，她决定，不管这个综合整治工作多么困难，她都要带领社区一班人，把这个事情做好。

"光静，我半辈子工作生活在这里，我晓得，大部分居民都不是存心刁难我们，他们也有他们的难处，让他们把怨气发出来了，再慢慢做工作，总会做通的。"

一大早，刚到办公室，她就这样跟社区主任许光静说。

谢兰换位思考，将居民对整治的抵触，总结成了五个字：拆、补、气、疑、利。

拆，是一直有谣言称该小区要拆迁，居民们老想着能靠拆迁获得一笔补偿，因为"拆迁"的谣传和误解，有居民为从中获利而出一个"怪招"：将众多亲戚户口过户到名下，导致一套不足60平方米的房子，户籍人口达到20人之多。在一些居民眼里，安置房不能拆迁是有人在捣鬼。

补，是邢家桥社区开发得早，补偿低，大家觉得最初的开发补偿政策和后来的差距太大,不平衡,希望通过抵制改造,补齐这个差距。

气,是认为以前政府各部门对他们的困难了解不够,对他们的生活关心不够,因此赌气抵制改造。

疑,是不信任街道及社区干部,怀疑他们不肯拆迁而千方百计争取整治,是想通过整治捞钱,搞面子工程、政绩工程,担心质量不过关,治标不治本。

利,一是有一些居民希望参与到整治工程中,通过做工程捞一笔;二是整治工程需拆除违章建筑,给现有通过违章门面获利的住户带来经济损失;三是希望通过抵制改造,在房屋过渡等费用上得到最大的收益;四是因为担心整治资金被"缩水",不少居民又提出个新想法:房子不整治了,拨下来这么多钱,干脆拿来分了自己整治。他们自己扳着指头一算,整治工程估算投资是8000万元,如果按照579户来平摊,每户可领到十三万多。拆迁期待落空之后,真金白银对安置房居民的吸引力不小。

但实际上,这8000万元很大一部分要用于建筑物的整体安全修缮、外墙整治、小区绿化景观、综合管网、照明、配套设施等,以及各种琐碎的看不见的项目。

找准问题,才能对症下药。

"拆"和"补",涉及的主要是政策问题,这就需要一遍遍说,让群众知晓。谢兰和同事们把居民请到院坝开会,给他们详解政策，道明原因，其实这个工作从 2017 年初管委会决定开展综合整治就开始了，但那时除了潜移默化讲政策，还有一个重要任务，就是搜集居民们对整治的意见，汇报给管委会。

全面的大力宣传则是 2018 年 11 月底管委会将厨房、厕所纳入整治的政策出来之后才开始的。

据不完全统计，谢兰先后组织召开居民会议 30 余次、院坝会 40 余场，接待群众 1000 余人次。2019 年的前三个月，谢兰组织开的院坝会就有 40 多场，几乎是两三天一场。

刚开始，院坝会开不起来。一开会台下就起哄，要么一哄而散，要么口无遮拦地谩骂。

"光静，我昨天想了下，光是组织居民开会这个方式不行，你看吧，几乎每次都开不下去，居民们在一起不是表达诉求，就是宣泄怨气。我觉得还是要采取'各个击破'的策略，我们还是带着《给居民的一封信》，挨家挨户去走访。" 2018 年 12 月 12 日上午，谢兰这么对许光静说。

谢兰和同事们带着在街道的指导下制作的《给居民的一封信》《整治十条》，挨家挨户送上门。居民说整治了就不能拆迁了，他们就一次次开导，拆迁的传闻是不实的。除了一遍遍耐心解释"拆"和"补"的问题，更要让居民们感受到社区干部的心，消除他们心中积累的怨气，解决"气"的问题。

至于"疑"，起初，说起来，谢兰的眼泪就情不自禁往下掉。

因为达不到拆迁条件，社区和街道一直在向上争取整治资金，工作本身就非常难，却被居民说成是面子工程。她最不理解的是，一个看着她从小长大的长辈，直言谢兰是想"吞钱"：整治下来，你们居委会不晓得要搞好多钱进腰包。

那一次，谢兰曾经泣不成声。"钱根本不经居委会账户！"也是在那一次，谢兰特地查了自己的工资并向居民公开——2566.53元。

"我干也是这么多工资，不干还是这么多工资，我为什么要干？"当时，谢兰稍微平复了下心情之后说，"大家过得苦，我是社区'大家长'，我看着真是心痛！"

这些话，谢兰已记不清解释了多少遍。

而现在，她决定冷静下来，再解释，再去磨嘴皮子、磨耐心、磨耐力。她将社区工作人员分成三组，对488户居民进行全覆盖走访。

"居民说我们从中捞好处，我们就一遍遍解释，工程款根本不经过我们的账户。"老人解释不通就找子女沟通，子女不沟通就找亲朋好友帮忙。居民们担心搞成面子工程，政绩工程，治标不治本，那就先做几户样板房，让居民们看看整治的质量和效果究竟怎样。

至于"利"，"你们说每家45天就装完，补贴1000元过渡费用，45天装得完才怪"！

针对这个说法，谢兰和社区的同事讨论："理论上是 45 天，但又要整外立面，又要整室内，尤其会经常遇到阻工耽误工期，每家 45 天确实不见得行。"

"至于过渡费用的问题，你们放心吧，我们会根据实际工期向管委会争取。"这句话又让居民们少了些顾虑，毕竟邢家桥社区老年人多，低收入人群占大部分，大家既要精打细算地用钱，更不愿搬来搬去，无谓地瞎折腾，这样，过渡费用究竟能给多少，就显得非常重要。

拆违建门面，也涉及居民的利益问题，这户不同意，就跟那户商量，那户同意了，到时候施工单位到场，同意了的又不同意了，只好继续做工作。

在拆违建门面的同时，谢兰和她的同事们不停地进行政策宣传，力争把政策宣传到位。他们告诉门面业主，只要不是违章建筑，门面有厨房、厕所的，就把厨房、厕所纳入整治范围，否则就整门头，"整饬一新之后，生意肯定都好得多"！

谢兰的电话号码居民们都有，她 24 小时开机解答居民咨询，只是常常接到的不是咨询，而是劈头盖脸一顿骂。

"不许整，我们要拆迁！"

"做面子工程？休想！"

"不要以为我们不晓得你们安的啥子心！"

说来说去仍然是那些话，于是谢兰就赔着笑脸再解释一遍政策。她和同事们感觉好像把一辈子的骂都挨完了。

本来2018年10月，两江新区管委会要求，综合整治要居民100%同意才开工，谢兰和社区的同志认为，一下子要达到100%的支持率是不可能的，应当先干起来，真正施工了，才能让老百姓看到效果，也才能真正搜集到群众的意见，听到群众的声音，才能一步步地真正使"民生工程"变为"民心工程"。

她和同事们建议分为五期进行整治，管委会的领导接受了建议。

2018年12月，终于确定了四户作为样板房，率先进行整治，力争在2019年春节前完工，要让居民们真正看到整治的质量标准和效果。

从整治项目的立项获准到样板房施工前，谢兰搜集了上千条民意。

圣诞节的天然气泄漏事件

"书记，赶快回来！天然气漏了！"

2018年12月25日，接近中午的时候，谢兰去街道开了会，回来的路上，她边开车，边在考虑四户样板房的地砖颜色问题，她打算一回到办公室,就按记下来的这四户居民的要求,给施工方打电话。

就在这时,她接到了居民的电话。

尽管是隆冬季节,谢兰却吓出了一身冷汗。

"书记,我们已经去现场疏散了,我们拿起大喇叭在喊,我们尽快把每户人都疏散出来。"社区主任许光静的电话也随即打进来了。

"对头,赶快做好应急预案。"谢兰平静了一下心情,对许光静嘱咐道,然后以最快速度停好车,往天然气泄漏的那栋楼跑去。

人兴支路路口,已经站着很多疏散出来的居民,已有好几百人,还有不少居民正在从楼里出来,聚集到一起。

男女老少,都听从社区干部的指挥,让往哪儿站,就往哪儿站,有个别居民则在帮助消防人员,用水枪朝着空气中喷射,以将泄漏到空气中的天然气稀释。

不知为什么,看到那一幕,谢兰有种莫名的感动。"我们这些老百姓还是好。"回想起2018年那个惊险的圣诞节,谢兰这么说。

以下是我在网上看到的一则新闻,题目叫:《两江新区邢家桥社区旁天然气管道泄漏 消防队员已成功处置》。

华龙网消息，今日（25日），记者从两江新区消防鸳鸯中队获悉，两江新区人和街道人兴支路145号邢家桥社区旁，因施工不当，引发天然气管道泄漏事故。事故泄漏点靠近居民区，所幸消防队员成功处置了此次泄漏事故。

今日14时左右，两江新区消防鸳鸯中队出动3辆消防救援车和25名指战员赶往现场。事故现场围起了蓝色的铁皮挡板，大量的燃气从一缺口处喷出，类似臭鸡蛋的味道在空气中弥漫。

泄漏点位于邢家桥社区旁边，四周是大量民宅。消防人员立即疏散泄漏点周围200米范围内的群众，并用水枪对泄漏点附近的天然气进行稀释。14时10分，燃气公司抢修人员赶到现场，立即关闭了该处天然气管道的总阀门，燃气停止泄漏。

据现场知情人透露，之前此管道有泄漏，遂组织燃气公司施工人员对邢家桥社区旁的管道进行检修，但是维修人员在使用手持式电钻时，不慎将燃气管道主管打破，导致燃气泄漏了。目前燃气公司人员正在加紧抢修中。

虽然是有惊无险，事故很快就平息了，下午三点左右，居民们也各回各家了，但当时所有人都吓惨了，因为这种事故的危险程度不言而喻，在邢家桥的历史上，也从未发生过类似事件。

正如上面这则几百字的新闻中说到的，这次天然气泄漏事件的起因是燃气管道有泄漏，然后燃气公司的施工人员作业不慎，将燃气主管道打破了。

险情过去后至少半个小时,老老少少还聚在一起,不肯上楼,其中有的人后怕不已,有的人明确地指出有人乱停车,堵住了消防通道,致使今天消防车差点儿没能开进来,因此车辆乱停乱放的现象必须好好整治一下。

更多的人则意识到,这个房子,不整是不行了。

"如果不是这个房子年久失修,天然气管道会泄漏吗?会引起今天这个事儿吗?"

居民们认识到,自己居住的这个房子已隐患重重。

从四户样板房到第一期搭好架子

圣诞节的天然气泄漏事件,让不少人意识到了邢家桥安置房综合整治的必要性。

他们开始期待看到样板房整治的效果。

2019年春节前,样板房整治如期完工了,样板房开放期间,谢兰带头组织居民参观,整饬一新的样板房让常年生活在漏粪水、漏尿水、上厕所需打伞、炒菜时锅里掉灰环境中的居民们眼前一亮。

四个月前就诊断出肺癌的谢兰兴致勃勃地带着一拨拨居民参观，一边手里拿个小本子，上面密密麻麻地记录着收集到包括线路、浴霸等方面的五六十个要求。收集到的要求，当天晚上她就会和施工方协商，近二十个合理要求得到解决。

"不仅要面子，还得要里子。"谢兰经过综合考虑居民意见，大胆向上级提出了将客厅、卧室一并纳入整治的申请。春节前，市政局的周春雷局长去了邢家桥社区，谢兰和社区的同事们抓住这个机会，又将居民们的困难实实在在地摆了出来，周春雷局长回去后，向管委会再一次进行了汇报。

室内电线老化、墙面霉变脱落，这一次汇报，让两江新区管委会再一次了解到邢家桥居民生活的困难，和他们居住环境中隐藏的安全隐患。

重庆市委常委，两江新区党工委书记、管委会主任段成刚毅然将邢家桥社区综合整治工程作为主题教育调研课题，并到人和街道邢家桥社区开展现场办公，拍板决定进行室内电线整治工程，下决心一定要通过这次整治，彻彻底底解决群众的用电安全问题，回应了群众的强烈呼声。

春节后，整治的范围正式确定由最初的外立面、厨厕整治，扩大到包括客厅、卧室的内墙粉刷，以及电线更换在内的安全隐患排除。

两江新区党工委、管委会相关领导还组织召开专题会议10

多次，深入社区现场80多人次，强力推动工程顺利开展。人和街道党工委强化责任担当，成立书记任组长的领导小组，由11名班子成员和156名机关社区干部，负责联系楼栋和居民，建立了"包申请书签订、包矛盾纠纷协调、包违章建筑拆除、包突发事件处置"责任落实机制。

为把好事办好，两江新区管委会解决了强弱电改造中政府规定和行业部门规定之间矛盾、违法建筑拆除等大量难题，以及居民迫切要求解决的问题，并追加整治经费960万元，为群众办了很多实事，受到群众好评。

另外，谢兰再三向管委会汇报，因为既要整治外环境，外立面，又要进行室内整治，还会遭遇无法预计的阻工，每家45天的预计工期不大可能实现，管委会领导充分考虑到群众的实际困难，确定了每户2000元的过渡补贴费用，在原计划的基础上增加了1000元。

整饬一新的样板房和管委会给的好政策，让整改支持率刷刷刷地往上涨，4、5、6这三栋居民的支持率达到了90%。于是社区决定把这三栋作为第一期进行整治，让这三栋成为一个更大规模的样板，让居民们看得见，摸得着。

2019年3月4日，第一期整治，即4、5、6栋的整治正式开始了。

这几栋住的大多是邢家桥新村的原住民，而不是外迁来的，也就是说，很多是谢兰从小长大的邻居，感情上跟她较为亲近。

但谢兰没想到的是，一开始搭架子，就遭遇到了无数次阻工，到处都不让搭架子。这里不让搭，就换个地方搭，那里再不让，再换个地方。

首先是五楼的田其忠家啥都不让动。

他是2018年才装修过的，装修得很好，所以2019年3月，当旧房综合整治的施工队进入他家的时候，搭架子，围钢，打墙，啥都不让，不仅自家不允许整治，也不允许管道线路从他家外墙经过。"我上门找他，他不开门，说睡觉了，连个搭话的机会都不给我。"总之是态度强硬，"刚"到完全没有接近的可能。

前面曾说到2002年到2005年，谢兰调到汪家桥社区之前，天天在邢家桥带领居民们跳坝坝舞，让死气沉沉的"农转非"社区充满了欢笑，邢家桥的居民们，一下子变得都很开心。

一个领舞的积极分子，叫田其兰，因为得病，40岁就去世了。这让谢兰每每念起，心生难受。

那个快乐地领舞的田其兰，那个因病早逝的田其兰，就是眼前这个田其忠的姐姐。

他家共十一个兄弟姐妹，有四个很小就夭折了，剩下七个，其中一个，是前面提到的黎国平的丈夫。

这篇文章开篇写道，居民黎国平来找谢兰诉苦，她俩回忆起黎国平刚嫁到人和乡来时的情景，那时候黎国平的丈夫很帅。

黎国平丈夫的弟弟，就是眼前这个态度强硬，"刚"到无法沟通，不仅自家不整治，也不允许管道线路从他家外墙经过的田其忠。

一想到他们曾共同拥有的"五根黄桷树时代"，想到谢兰家住的学堂院，想到紧挨着的板栗湾，也就是黎国平家住的院子，或者说，田其忠家住的院子，谢兰就想，她一定能说服眼前这个死活不理她的人。

他不愿意整治，其实也可以理解，因为他2018年才装修过。

因此面对这样的阻工，自己首先不能冒火，只有耐心地说服，因为他是黎国平丈夫的弟弟，所以想办法转弯抹角去跟他说。

终于有了机会，跟他一起坐下来，对他说："你家里是装得很好，但是如果你家里不配合，整体就没法儿整治，那楼上仍然可能漏水到你家里，你家里也可能漏水到楼下，大家还是生活在到处漏粪水、尿水的环境中，外立面也还是那么破旧，你住在这样的环境中也不舒服。"

好说歹说，左说右说，来来回回十多次，田其忠终于松口了，但提要求必须在45天内整完。

田家的问题解决了，谢兰和许光静都松了一口气，工程顺利进行了两天。

没两天，施工队又跑来跟谢兰说，一楼的一家锁着门，架子又搭不了了。

这是住在田其忠同一栋的一楼的赖兵，谢兰赶快给他打电话，电话那头没吵没闹，只说回来不了，出去旅游去了，就"咣"地一下挂了电话。

碰了个软钉子，社区一班人又抓瞎了。

这个赖兵也是谢兰小时候家住五根黄桷树时的邻居，当年谢兰家住第一根黄桷树，他家住第五根黄桷树，家里大人不在家，都会把孩子放在对方的家中吃饭。碍于情面，他不会骂谢兰，不会和谢兰发生正面冲突，但他实际上也是不想装修，因为他家也自己装修过。

连碰了上十次软钉子后，赖兵终于同意找家人来开门，整治施工也终于得以继续。

到 2019 年 3 月下旬，架子终于搭完了，搭架子共用了十几天。

谢兰松了一口气。

医生朋友发火了

2019 年 3 月，一期整治工程的架子终于搭好了。

也是在 3 月，谢兰接到人和医院一个关系特别好的医生朋友的电话。

"听说你得了病，你把片子和结果拿来我看看呢。"医生朋友对她说。

第二天社区各种杂事，她把这事儿忘在了脑后。

"谢书记，你硬是忙得很嗦？自己的病都不当回事嗦？"医生朋友听别人说她得了癌，但他还是小心翼翼地避免这个字眼。

她终于拿着片子和西南医院的诊断结果，去了人和医院那个朋友那里。

"你这个还是要尽快去把手术做了哦，开不得玩笑哦。"医生朋友对着灯仔细地看了半天，尽可能轻松地说，但还是难掩口气中的一丝凝重。

"而且你这个是长在血管旁边的，要不你还是去北京协和医院看看吧。"

"去啥子协和医院哦，我这个命贱得很。"谢兰，依然还是从小一起长大时那个没心没肺的"天棒"谢兰，那个通宵整夜押车运石头、跑运输的风风火火的谢兰。医生朋友心想。

"连癌都不知道怕，有你这样傻的人吗？你至少赶快去西南医院把手术做了！"看了看"嬉皮笑脸"的谢兰，医生朋友正色道。

"这段时间真的很忙。"

"你傻吧，忙什么事比命重要，赶快去！"

春天的西南医院

2019年3月28日,春天的西南医院。呼吸科黄大夫的诊室里,那个个子不高,风风火火,穿深绿色上衣的中年女子终于再一次来了,在被诊断出肺癌五个多月之后。

她的肺癌病灶长在血管旁边。

"医生,我还是来把它切除了,我朋友跟我说我这个开不得玩笑。"她语速很快、很干练地说道。同为女性的黄大夫暗暗惊诧,一个人居然可以把肺癌说得那么轻松,但她还是保持着不动声色,因为她有着很高的职业素养,知道将紧张传递给肿瘤病人,是非常愚蠢的事。

"好啊,做吧,打算什么时候来做呢?"黄大夫带着惯常的淡定,问道。

"这个应该要不了几天时间吧?"大夫淡定,病人更淡定。病人扳着指头算了一下:"清明节放假期间做完,出院,应该没问题吧?因为我工作还是有点儿忙。"

"你做啥子工作的嘛?"黄大夫忍不住发问。

"也不是啥子工作,做点其他的工作,也没得啥子。"深绿上衣女子回答道。

深绿上衣女子没说她在社区工作。

2019年4月3日,谢兰入院了。她计划好4月4号做手术,4月7号出院,这样就只需要耽搁清明节的几天假,4月8号可以正常上班。

而且4月7号是她50岁生日,她想正好,那一天出院后,就到姨妈那里去过生日,一起推豆花吃,然后去给外婆上坟。

她想得很好,但一个癌症手术哪里可能只住三天院?

4月7日她才出重症监护室。

4月4日上手术台的时候,她还满怀好奇,"想看看西南医院的手术台是什么样子"。

她记得很清楚是24号手术室,记得是自己躺上去的。

"你这个好冷噢。"她说。她指的打麻药的管子。

"不要急,一会儿就好了。"医生回答。

听到一阵"垮垮垮"的响声。"给药吗?"

"给吧,慢点儿,我看看几点钟。"她看了一下钟,8点16分,麻药从静脉血管一输,她就不知不觉"睡着了",醒来的时候已经在病房。

同病房的病友还没进行手术,十分害怕、担忧,她安慰说:"有啥子可怕的嘛,他麻药一打,你就是个'死人'了,等麻药一过,你又是健康的好人了。"

想起来，谢兰也觉得自己很奇怪，为什么不怕这个病，总结起来，她觉得可能是因为经常安慰社区患病的居民，"这个病就是，你强它就弱，你弱它就强。你不怕它，它自然就怕你"。她没有多少文化，这样说，也这样相信。

"也有可能像我妈，我妈当时就是得了癌都闲不住，喊她休息，她就是不听，天天非要下地。"她说。

术后伤口裂开

4月7日那天是她的生日，到姨妈那儿过生日是不可能了。这一天，她从重症监护室出来，转到了普通病房，给姨妈打电话说："我今天有点事过来不了。"她没有说做手术的事。

4月11日，在普通病房仅仅住了四天之后，她就闹着要出院。丈夫只能千叮咛万嘱咐："好好在家躺着养病哈，千万不准到处乱跑。"

从清明节住院，到4月11日开始在家养病，她从微信群里知道综合整治工程开始室内施工了，也遵从着丈夫的叮嘱，在家里躺着，通过微信群了解工程进度。

然而，4月18号那天，就在她躺在家里养病时，却突然从微信群里看到，90家有14家打掉了承重墙，4、5、6栋中有一栋有7层，下面6层的住户都把承重墙打了。

这一下急火攻心，她站起来穿上衣服就往外走。

走到社区办公室楼下，几个居民把她拦住："你跑来干啥子？不好好在屋里养病，跑到工地上来吃灰，你硬是很不得了唛？！命都可以不要？！赶快回去！"

居民对她一阵"凶"，站成人墙，拦住不让她上工地。

居民们心疼谢兰，把她"骂"回了办公室，谢兰嘴上没说什么，但事后想起就觉得特别暖心，这从她多次跟我复述起来这一幕就看得出来，毕竟，不只是她心疼居民们，居民们也知道心疼她了。

确实就像她说的：你的心里装着群众，群众心里就会装着你。

但是，被拦住不让上工地的她，仍然要雷厉风行地解决问题。"找老周，他是党员，必须带头恢复！"谢兰的语气带着当年开皮鞋厂、石场时的干练，更充满不由分说。

这语气中的不由分说，是一个共产党员对另一个共产党员的信任。

"党员在关键时候必须站出来。当你举起右手宣誓时，说的话到底是真还是假，这个时候算是一次检验。"谢兰是在2005年入党的，作为一个党员的她，笃信自己在党旗下宣誓时说过的话，她也相信，经过充分的动员，其他的党员可以和自己一样。

邢家桥社区有 160 多名党员，居住在安置房中的有 42 名，在这场综合整治的攻坚中，党员是她要抓实的关键少数，谢兰向党员解释政策和当前的现状后，果断提出党员要率先站出来、亮明身份，在几次政策宣传之后，党员就成了整治中的第一支持者。

党员老周带头施工，堵住了打墙的缺口，恢复了承重墙。

之后，社区干部又"各个击破"，苦口婆心，劝另外的 13 户，劝到凌晨两点，直到 14 处打墙开门的缺口被全部补上。

这个极大的安全隐患终于被排除。

她也终于可以回家歇口气了。

然而，晚上在家，紧张了大半天的她突然觉得好痛。"幺儿，快帮我看看。"她对女儿说。

"妈，你的伤口都裂开了！血都流出来这么多了！你都没感觉吗？！"女儿的眼里是满满的疼惜，疼惜里又带着对她的愠怒。

原来，白天，当谢兰在施工现场被"骂"回办公室时，原本从现场到办公室只有 5 分钟的路程，谢兰却走了整整两个小时，许久不见她的居民陆续跑到她面前，有关心病情的，也有反映问题的。她走两步又站下来，走两步又站下来，不停回复群众的疑问。

可能就是在那时，伤口崩开了。

一分钟也不敢耽搁，丈夫和女儿马上把她往西南医院送，大晚上的，竟有些堵车，三个人心急如焚，在车上给医生发信息，医生没回，打电话也没接。

过了好一会儿，医生回信息说："去急诊科处理。"

好不容易来到了西南医院，急匆匆来到急诊科。

"这个怎么处理嘛？"急诊科医生说。

"你给我洗一下，贴一下吧。"

"这个医生才能处理，你明天来。"

第二天麻药打得很少，这一次术后伤口裂开，拖了整整一个月才愈合。在这一个月里，每隔三天，她就需要开车去一趟医院。

说起那一个月，每个人都为她捏一把汗，但她只是笑笑，说："如果我死了，我希望我的每个朋友都不要来看我，因为他们肯定会说：'你太傻了，自己不晓得爱惜自己身体，拿自己命去拼，该遭！'但我觉得，如果下辈子，让我再选择一次，我还是会这样拼。"

一期工程之"中午必须来水！！"

那边，伤口一个月不愈合，每隔三天要开车去一次医院，这边，16 栋安置房，共有 488 套住房，91 个门面，也就是说，综合整治背后直接牵动的是 579 个家。邢家桥居民的强烈抗拒，使得每一个"家"，都变成一个"工程"，一个综合整治工程其实是 579 个工程。

谢兰尤其没想到的是，原以为一期整治搭好架子，可以稍微松口气，没想到正是一期整治施工进场时，居民积压多年的"苦"和"怨"发泄到了顶点。

施工时要断水断电，可一期整治的 90 户有 70% 都没搬出去，房间里住着人，要同时施工，施工节奏被迫打乱，困难比预想的大得多。

"你们把水断了，我们煮饭啷个办？！没得饭吃到你屋去吃唛？！赶快来水哈！要不然莫怪老子横！！再过半个小时不来水，就给老子小心点儿！！"一个春暖花开的上午，本是个让人心情愉快的好天气，但谢兰一走进社区，耳朵里就灌满了这样此起彼伏的叫骂声。

一面是居民在骂，一面是施工的工人在跟她诉苦："谢书记，不是我不知道中午前要把水管接通，是二楼那家人不让我们进他屋啊，他就在里面，但是我们啷个敲门他都不理，听得到里面电视的声音，穿起拖鞋走过去走过来的声音，唉，真的是，从来没遇到过恁个难的工程，谢书记，你看嘛，我硬是头发都愁白了，你看嘛！"工人的眼里满是委屈，让谢兰看他的白头发。

"嗯，我晓得我晓得，辛苦了兄弟，我去跟他说我去跟他说。"谢兰只好拍拍施工工人的肩，尽量让自己传递给工人多一些的安慰。

"谢二妹，我们没得水弄饭，你硬是不管嗦？！你还在跟他啰唆啥子？！给你说，我们中午吃不到饭不得依教哦！小心我们把他们施工的架子给他拆了哈！"

"好好好，马上马上，马上就来水，不得耽搁你们吃饭，我去给张二娃说，喊他赶快开门，主要是他屋头进去不到，我给他打电话，他开了门就快了。"谢兰忙不迭给居民们赔着笑脸。

"我不得管你这么多！搞快点儿哦！再不来水我们真的不客气了哦！！"

"好好好，马上就来水。"

水、电、气的协调难度最大，工人上午截断水管，如果接近中午时还没接通，一定会招致谩骂或阻工。如果晚上还没接通，那居委会的电话会被打爆，一个个在电话中的语气都像吃了枪药。

好在工人吃一堑长一智，再有断水断电的情况就特别小心，特别抓紧了，而且提前一天就让谢兰去跟涉及的居民家协调好，以免到时候耽搁时间，又要被骂一顿。

一期工程之"拿起菜刀追"

就这样平静地过了两天。

还是4月的一天，又难得地出了太阳，谢兰去社区走了一圈，看到到处都井井有条地在施工,有居民在晾晒衣服,有居民在楼下下棋,有居民抱着猫在旁边带着微笑,观棋不语。

在初春的阳光下,一切都显得和平而美好。

走了一圈后,谢兰回到社区办公室,喝了一口茶,茶的余味在嘴里,清爽而舒服。

"谢书记,快点儿去!李常运拿起菜刀追着工人跑!工人吓惨了!"

一个居民在社区办公室楼下,对着社区办公室大叫。

谢兰心里咯噔一下,闲适的心情一扫而光。

放下刚泡好的茶,她转身就往李常运老爷子住的那栋楼跑。

"敢欺负我!硬是以为我好欺负唛?!"还没到,就听到李常运老爷子边跑边气喘吁吁地大吼。

紧接着看到工人被追得左躲右闪,虽然只是一个跑起来有些笨拙的老人,但他手里握着的,毕竟是一把寒光闪闪的菜刀,即使他跑得慢,但他如果一下子飞刀扔过来怎么办。

前面的章节曾经写道:张秀珍、李常运老两口也是谢兰"五根黄桷树时代"的老邻居,他家有四个孩子,1988 年,人和乡开发之前,他们的女儿得病,离开了这个世界,那悲伤的葬礼,曾让 19 岁刚刚丧母的谢兰,也跟着大哭了一场。

前面也曾写道:90 年代开放之后,他们的儿子在一次和儿媳妇吵架之后,去卡拉 OK 厅杀了人,他们的儿子也因此被枪毙,这起血案曾在邢家桥轰动一时。

他们还有两个女儿，这两个女儿很孝顺，从各种细节上体恤两位老人，仍无法冲淡两位老人曾经丧子丧女的悲伤，和某种令他们自感抬不起头的自卑。

应该就是从儿子离世开始，老两口行为开始变得有些怪异。老爷子几乎闭门不出。社区主任许光静到社区工作了十几年，不是这次"拿着菜刀追"事件，还无缘见这位老爷子。

老太太张秀珍得了糖尿病，很严重，脚趾头里长蛆，处理过好几次。

她喜欢把楼下斜对面的龚安珍当作假想敌，每天都抠自家花钵里的土，往龚安珍家里掷。

前面也曾写到，龚安珍和张秀珍一家在人和乡时就是邻居，两个人都住在那个叫板栗湾的院子里，龚安珍年轻时丧夫，自己曾一个人拉扯着一个儿子、两个女儿过了两三年，直到遇到了后来的丈夫。

虽然龚安珍很不容易，但她的三个孩子还比较争气，大儿子任和龙开了个厂，女儿也不错。

不知是不是龚安珍的孩子都不错，令张秀珍老是想起自己已不在人世的那两个孩子，面对龚安珍，张秀珍老是会有一些莫名其妙的敌对行为。

也许仅仅是因为她年龄大了，脑子有些"糊涂"了。

比如，她家对面的颜正兰，在社区整治期间担任了社区的志愿者，大家都把钥匙交给颜正兰保管，以防自己家里没人时，需要进自己家施工。

张秀珍家的钥匙并没有交给颜正兰保管，却老是说颜正兰把她的衣服、鞋子偷了，她女儿告诉她很多次，是自己给她拿去扔了，因为觉得太旧，已经给她买了新的，她就是不信，非说是颜正兰偷了。

这一天，当李常运老爷子举着菜刀，将工人追得楼上楼下到处找地方逃生时，谢兰明白，只有解开老两口几十年都尚未解开的心结，才能真正让他平静下来。毕竟，自从他们的儿子出事，老爷子也在家大门不出、二门不迈地封闭了二十多年，他总觉得人家会看不起他、欺负他。

而今天的事，只是一个导火索，引燃了老爷子二十多年的积郁。

因为他家楼上在刷水泥，必须要浇湿了，水泥才能刷上去，所以工人就用水管冲墙壁，这一冲，漏到了楼下的李老爷子身上，他正在炒菜。

像一团几十年团成一团的湿棉花被引燃，他提起菜刀就开始追工人。

"李叔叔，没有人会欺负你，大家都很尊重你们一家，刚才，确实是工人没注意到，他又不认识你，怎么会欺负你呢？况且邢家桥的人都很喜欢你们一家。"谢兰轻手轻脚地走到李常运身后,轻轻地对他说。

李老爷子已经追得气喘吁吁,听到谢兰的话,他迟疑着回转过头。看得出来,他在想谢兰刚刚说的这几句话。

"你看看,三妹和四妹对你和孃孃多好,你们家连茶几都是可以自动烧水的,真的还是很享福,大家都羡慕你们两口子,两个女儿这么贴心,怎么会有人欺负你呢?"

谢兰挽着李老爷子的胳膊,轻言细语,娓娓道来。

她感觉到李老爷子心里,正有一些什么在融化。

这一场"菜刀风波",以谢兰和老两口的一场深入的谈心结束,谢兰离开他家的时候,老两口依依不舍地站在门口,望着她,眼睛里充满依恋。

谢兰离开了这老两口家,又去解决每天遇到的层出不穷的新问题。

"四千精神"和"一户一策"

如果说,曾经,谢兰在汪家桥老旧小区整治中体验到"难",那么,她现在在邢家桥社区安置房综合整治中体验到的,则是"更难"和"难上加难"。

曾经,她在汪家桥老旧小区整治中总结出八个字——"真情走访,真心付出",现在,这八个字是远远不够了。

现在,对于谢兰和她的同事们来说,只有"走进千家万户,说尽千言万语,历尽千难万苦,想尽千方百计",才能让综合整治工程持续推进。

"走进千家万户,说尽千言万语,历尽千难万苦,想尽千方百计",就是邢家桥安置房综合整治工程中的"四千精神"。

"四千精神",最早是用来形容浙商的拼、能吃苦和韧性的,谢兰年轻时候,也是一个特别敢拼、敢闯、敢干的人。

现在,她依然很拼,即使是身患癌症之后。

只不过,她现在是在为邢家桥这个社区而拼,为邢家桥的男女老少能生活在一个更好的环境中而拼。

而且,在邢家桥安置房综合整治工程中,光有"拼"和"韧性"还不够,光有"四千精神"还不够,还需要"一户一策"和"私人订制"。

一户居民要多安装线板,工程推进不下去,谢兰和社区主任许光静上门走访沟通不下 20 次;有一户居民,因防盗窗少上了一颗螺丝,就去找施工方闹;见邻居家工程进度比自己快,也会打电话向社区干部发火质问。

就算是家庭普通装修,小两口都会有不同意见,何况是这种改头换面的整治。可以想象，大到结构布局，小到水龙头位置，488户居民有488种需求，甚至两倍、三倍的意见。施工中遇到的任何一件琐碎小事，在居民眼里都是天大的事。高峰时，谢兰一天要接上百个电话，半夜熟睡中，也会突然铃声大作，拿起来可能就是没头没脑的质问，或是谩骂。

工作太难做，一期工程尚未进行到一半，就已换了三拨工程监理。其中有个工程监理，让这些居民急得摔烂了两部手机。

在建工集团项目执行经理蒋燕光看来，在自己10余年的工作经历中，邢家桥社区安置房综合整治项目是最难的一个工程，不仅施工环境复杂，而且任务重、协调难度大，整个工程推进艰难。

每一次居民向施工方找茬，社区干部都要去协调。

好在工程在艰难中推进，经验值也在解决问题的过程中增加。

为了避免再出现因居民要多安装线板，而让工程停摆的情况，也为了让居民们住得更舒心，社区先是让施工方多设计几套改造方案，让户主根据自己的条件和爱好来选择，然后又针对每家每户各式各样的需求，进行"一户一策"的调整，而这种调整，细致到插头安装的数量、位置，包括"想卫生间天花板高一点""想要放得下两个空调外机的架子""因为行动不便，喜欢在自己卧室看电视，将家里闭路迁往卧室""边槽位置不能太靠门了""边槽位置应该再靠门一些""想卫生间天花板高一点"等种种诉求。

针对居民在整治期间入厕难、洗衣难、洗澡难，社区增设了临时公共厕所6个、浴室10个、洗衣池12个、开水供应点2个、安全通道500米。

　　一家一家地去了解需求，登记，施工前就跟施工方沟通，强调每一家的每一个需求，一个问题一个问题地解决，一期整治工程，终于还是在艰难中推进着。

第四章
并非一人在战斗

没时间回家看母亲,被居民骂,让母亲看到了暗自难受,这就是邢家桥社区的主任许光静。

不仅如此,她还被父亲赶出家门。

父亲为什么要将她赶出家门?

父亲对许光静的不满,要从她执意到社区工作说起。

"父母早年打拼挣了钱,我大学毕业就管理着父亲在人和的一家餐厅,50张餐桌,生意过得去,当时营业额一年有两三百万元。"那时,许光静管理着父亲交给她的一个1000余平方米的中餐厅,但性格内向,不善言辞。

谢兰（前排左四）和她社区的同事们

2019年中秋欢聚宴上，谢兰、"钉锤书记"邓美清和社区主任许光静在向居民们祝"酒"

第四章 并非一人在战斗 | 139

志愿者巡逻队监督施工质量

志愿者在工地上监督施工质量

"钉锤书记"邓美清

在这个过程中,谢兰很辛苦,但她并不是一个人在战斗。很多人支持着她。

"老书记来了,老书记来了,不要说了。"一个"钉子户"给另一个"钉子户"使眼色,对方立即就闭嘴了。

这是2019年3月的又一场院坝会。

刚才还叽叽喳喳、七嘴八舌、闹麻了、谁的声音都听不清楚的院坝,一下子变得秩序井然,几个"钉子户"的提问语气,瞬间温和了很多。

被称作"老书记"的来者,是一个高高大大、笑声爽朗,有着重庆女性标志性大嗓门的中年女性。

她,正是2000年将谢兰引入社区服务之门的邓美清。

2000年,33岁的邓美清是邢家桥社区的会计、妇女主任,正是忙不过来的她,让谢兰来社区帮帮忙,谢兰才开始了她的社区服务生涯。

2002年,人美心也美的邓美清,由会计、妇女主任,变成了邢家桥社区的书记,被居民们称为"美书记",也是在那一年,她"三顾茅庐",力邀本来只是打算来帮忙的谢兰,正式到社区工作,让一直在商场打拼的谢兰,从此在社区生下了根。

2019年,谢兰遇到了十几年来社区生涯中最大的困难,邓美清这位曾经的引路人,能坐视不管吗?

邓美清再回邢家桥,就是来拔"钉子"的。

52岁的她,现在在人和街道平安建设办公室工作,依然是谢兰最好的朋友之一。知道邢家桥安置房整治要抽调人员,她就知道百分之百会找到她,因为她对这里太熟悉了,"只要是这里的原住民,无论名字年龄,家里情况怎样,我都知道得清清楚楚"。

是啊,邢家桥社区的"婆婆纠纷队""半小时便民服务圈",都是她在这里当书记时提出来的,哪个独居老人的米和油吃完了,哪家的下水道堵了,哪里的门栓坏了,邢家桥488户住户,91户门面主,哪家鸡毛蒜皮的事不找她这位"美书记"?

"我要去帮谢兰!"邓美清用重庆妹子的"大嗓门"说。其实,得知邢家桥社区安置房整治遇到困难,几乎在人和街道领导给她打电话的同时,她就叩开了街道党工委书记的门,打算主动请命。

"你群众基础好,一定要回去支持工作。"时任人和街道党工委书记蒋兴益,开门见山,这样对邓美清说。

这样,因为社区工作经验丰富,在邢家桥社区有极好的群众基础,邓美清临危受命,被抽调回邢家桥社区安置房整治工作组做群众工作。

事实也证明，街道的领导看得确实很准。抽调回邢家桥的邓美清，非常擅长"拔钉子"。

也因为此，风韵不减当年的"美书记"，多了一个有些奇怪的外号——"钉锤书记"。

再难拔的"钉子"，只要"钉锤书记"一到场，都能拔起来几根，具体地说，在邢家桥社区安置房综合改造工作中，经常有"钉子户"跑到施工现场阻扰施工，但只要邓美清一到现场，就有一两个"钉子户"立马收敛，不作声了。

整个综合改造工作，邓美清都冲在最前面。"钉锤书记"，也成了她最喜欢的外号。

且问"钉锤书记"为何这么擅长"拔钉子"？

为何大家都服她？

原来早在 2008 年，"钉锤书记"邓美清就给过居民真金白银的帮助。

对于"农转非"居民来说，买一份养老保险，退休之后能按月领一份稳定的收入，是农民真正变成市民过程中的关键一环。即使这一份收入微薄，也可以给这些转非居民的余生以莫大的安全感。

但这个道理，当年，并不是每一个"农转非"居民都明白，有些人就不愿意买，实际上主要还是因为拿不出钱。

"我和社区工作人员挨家挨户上门做工作，告诉他们现在大家都没有正式工作,但买养老保险后,到了退休年龄,我们也可以靠退休金生活。"终于,居民们都明白了这个道理,都渴望着给自己的人生上一把安全锁。

但是,2008年的邢家桥社区,仍然有十几个困难群众,确确实实拿不出这一份买保险的钱。

这时候,是高大爽朗的"美书记"邓美清向他们伸出了援手。

她掏自己的腰包,垫了一两万元,为邢家桥社区的十几个困难群众买了养老保险。

当时,这十几个人对邓美清感激涕零。

现在,很多人到了退休年龄,也尝到了国家政策的甜头,每月按时领到的退休金,给了他们一份莫大的安全感。

而这钱,有的人到现在都还没还给邓美清。

"美书记"也没有问他们要,她知道他们中有些人确实生活困难。

"我用眼一扫,这几个'钉子户'里面,就有我当年为他们垫钱买保险的老面孔,一看到我去了,自然就不好意思再闹了。"邓美清说,很多时候,威信,来自为老百姓做几件实实在在的事情。

看到"钉锤书记"来了,"钉子户"们就不吱声儿了,是因为,大家都知道,"美书记"是真的为了他们好,不会整他们。

不只是为十几个居民垫钱买保险,邓美清还为邢家桥做过很多好事。

当时，邓美清提出的"半小时便民服务圈"，正是她带着同事，凭着两条腿，跑遍了辖区所有老年活动站、医疗服务站、社区服务站、爱心超市、购物店、药店、洗衣店、理发店、维修店、冲印店、驾驶培训学校，说服68家服务行业的单位和个人，与社区签订服务协议，才建立起来的。

当时，邢家桥社区的服务热线是24小时都有人接听的，邓美清和社区另外的工作人员轮流值班，邓美清给群众承诺：只要有群众反映困难和问题，社区工作人员一定会在10分钟内赶到现场，半小时内做出妥善处理。

邓美清深知，"农转非"，只是村民变成市民的第一步，要让邢家桥社区的"农转非"居民从村民真正变成市民，再成为一名文明市民，她和她社区的同事们还有很多事要做，为了这个目标，她流过很多汗，也流过泪。

2005年除夕夜，邓美清还在组织志愿者引导交通，为群众送文化进社区。"我记得大年三十晚上我还没准备年货，老公回家看到家里没汤圆、腊肉，当时就发火了，把厨房的锅都扔了。"

在她的带领下，邢家桥社区先后获得了"重庆市和谐社区建设示范社区""重庆市文明社区""重庆市创建学习型家庭示范社区""重庆五一巾帼标兵岗""北部新区充分就业社区"等数十项荣誉。她自己也曾获得重庆市优秀共产党员、重庆市优秀党务工作者、重庆市优秀巾帼志愿者、北部新区优秀党务工作者、十佳社区干部等荣誉称号,当选为重庆市第四次党代会代表。

她的付出,大家有目共睹,有口皆碑。

所以,到了2019年,涉及安置房综合整治的事,居民们也知道老书记肯定是为他们好的。

"这里的很多居民我是看着长大,看着成家立业的,就像我的孩子一样,我不忍心他们放过好的政策不用,居住的环境越来越糟糕。"邓美清说,即使再辛苦,群众有再多的不理解,她也要给大家讲清楚政策和安置房综合整治的好处,让他们住进新房子。

她说,就像2005年动员大家买保险一样,即使有些东西当时群众不理解,但是几年、十几年后,他们会感受到这些东西给他们带来的很多好处,他们也就自然明白了社区干部的一片良苦用心。

"现在,居民们都站在自己的利益角度,提了不少意见和建议,甚至也有故意挑刺的。不过看到我来了,无理取闹的人一般都不作声了。很多居民听了我的话后,都表示听'老书记'的。"

邓美清为自己在群众心目中的威信感到欣慰。

同时她说,只要是合理的普遍性的要求,社区都会尽量满足大家。

有菩萨心肠,也有霹雳手段。对邓美清来说,这个霹雳手段,就是重庆女性特有的干脆、泼辣、爽利,说话做事绝不拖泥带水,这一点和谢兰一样,也许这也是她俩能成为好朋友的原因。

在安置房综合整治过程中,经常会遇到一些居民跑到社区"叫苦""无理取闹"。一位姓刘的大姐在社区管辖以外的地方违反规定养蜜蜂,蜂箱被拆了,这位大姐躺在社区的沙发上赖着不走。

一位曾姓居民天天来到社区"扯皮",说经济状况不好,不同意整治。

安置房综合整治前,管委会和街道承诺给每户居民发放1000元租房补贴,后来经过社区多次争取,管委会和街道同意增加到每户2000元,却仍有一位黄姓居民跑到社区说:"整治几个月,我一家人没有居住的地方怎么办?"

……

这些问题邓美清都记在心里,并一一回应。针对曾姓居民"扯皮",做事雷厉风行的邓美清开门见山,问他有什么诉求。

"你屋里漏不漏?房子要整不整?假如真不同意整治就在不同意整治书上签字。"曾姓居民一时语塞,邓美清话锋一转,继续发起"攻势"。"家里经济条件不好,可以向社区反应,我们根据政策为你申请低保,你没有工作我们可以发动身边资源为你找工作,介绍就业。"

邓美清对这位居民说:"房屋整治和家庭经济条件是两码事,不要混为一谈,如果你的房子再不整,周边居住环境再不提高,可能贫穷落后的面貌更加无法改变。"

一席话，让曾姓居民后来对安置房整治再无异议。

四十几岁的黄姓居民按辈分，得叫邓美清"幺婶"。这位黄姓居民家里有位患脑梗塞的父亲，妻子没有工作，孩子也是大专刚毕业，一家人局促地挤在两室一厅的房子里。因为家庭条件不好，心里窝火，在安置房整治过程中，带头起哄，向社区倒垃圾，是出了名的"刺头"。

邓美清找到他的时候，碍于情面他没有多语，但是出了一个难题："安置房整治我答应，但是我们一家人没有地方住，没有条件到外面租房子，况且，我就想在社区看到整治才放心。"

"好，没有住的，去住我家的房子。"邓美清说的是她母亲的房子。

她母亲在11栋1单元有套一室一厅，在前期工程中先整治出来了，房子整治过程中，母亲搬到了哥哥家去住。

"妈，你能晚几个月再搬回来吗？"虽然跟黄姓居民答应得很爽快，但跟母亲启口时，邓美清还是有点不好意思，毕竟，母亲一直期待着搬回来住整治好的新房子。

但为了解决黄姓居民提出的"难题"，让整治工作继续推进，她又不得不向自己的母亲求助。

经过一番解释，老人家理解了女儿，答应把房子借给黄姓居民住几个月。

被父亲赶出家门的社区主任

"除了党员这个身份,我还是邢家桥社区居委会主任许光静的母亲。我和女儿都住在人和街道,但是我至少有一个月没见到她了,因为邢家桥整治工程任务重,她总是没时间,我只好趁着开会的时候到现场看看她。有一次我来她工作现场,看到居民骂她,我心里真难受。"

邢家桥社区一位叫黄中碧的党员这样说。

没时间回家看母亲,被居民骂,让母亲看到了暗自难受,这就是邢家桥社区的主任许光静。

不仅如此,她还被父亲赶出家门。

父亲为什么要将她赶出家门?

父亲对许光静的不满,要从她执意到社区工作说起。

"父母早年打拼挣了钱,我大学毕业就管理着父亲在人和的一家餐厅,50张餐桌,生意过得去,当时营业额一年有两三百万元。"那时,许光静管理着父亲交给她的一个1000余平方米的中餐厅,但性格内向,不善言辞。

做了几年餐厅,许光静突然觉得,一辈子可不能就这样,她想换一种生活方式。

恰好这一年，2004 年，人和街道公开招聘第一批社区干部，和此前社区工作人员都是村社干部、社区孃孃担任的不一样，这一批是通过正式考试，过五关斩六将招聘的"正规军"。

许光静就是其中一员。至今，许光静手里有四个与从事社区工作相关的资格证书，因为证件齐全，她的工资比谢兰还高 100 多元。

"我当时就想在社区工作和居民打交道，改变一下自己的性格，以后再去从事其他工作或跟着父亲做生意，更得心应手。"没想到，这个想法第一个就遭到许父反对。

"你那点工资还不够零花钱。"父亲"一针见血"，指出一个最为现实的问题。

2004 年，许光静的工资每个月 650 元，和做餐饮当老板比起有天壤之别，父亲对她的选择百思不得其解。

到今天，弟弟和父亲仍然让她放弃社区工作。

可让家里人气不打一处来的是，她并没有放弃，原来计划在社区只干几年，一晃，她却已在邢家桥干了 15 年。

这件事情，父亲虽然生气，但也忍了，反正劝也劝不动她，说她也不听。

接下来发生了一件让许父勃然大怒的事儿。

许父在人和万年路有一块地，上面有违章建筑。万年路社区找到许光静，想让她做做父亲的工作，拆除违章建筑。

半夜，听到这个，多年来一直对许光静有心结的许父一下子冒火了，和许光静吵了起来。

"我自己的地想建什么就建什么，你当了社区主任还管起我来了。"性格火暴的父亲对她一顿骂。毕竟，违建一直出租，要拆除，可是真金白银的损失。

"给我滚！我把你养这么大还养错了，居然让我把辛辛苦苦修起来的东西拆了！"深夜里，父亲朝许光静大吼。

许光静清楚地记得，那一天是 2018 年 8 月 28 日。

那段时间，许光静的房子正在装修，住在父母家里，父亲在气头上让她滚，气不过的许光静拉着箱子，一个人去附近的宾馆住了一晚，第二天直接去了婆婆家。

深夜被骂出家门的社区主任许光静，靠在宾馆的床上，在朋友圈委屈地发了一条动态。

想起来，父亲也没说错，社区工作确实钱少，事又多。"5栋3-1防盗门损坏没赔偿，12栋1-3边槽位置太靠门了……"发完朋友圈，许光静又开始接听居民连续不断打来的电话，全是安置房整治过程中反映的问题，然后给整治工程的施工人员打电话，协调这些事。

这种电话一天至少三四十个。许光静一边听，一边在手机的备忘录上记，边记，边开着免提，给来电居民解释。

想起来确实是，自己父亲的工作都难做，更何况邢家桥社区有488户人家，91个门面主了。尤其，邢家桥社区居民的怨气，还涉及一些几十年积累下来的问题。

从2004年至2020年，整整15年，许光静没离开过邢家桥。干过城管就业工作，也做过计生文书、社区副书记，2013年当选为邢家桥社区主任。

这15年，她经历了邢家桥的变化，感受到居民们从当时人人羡慕的"新村"人，拥有最早住上楼房的自豪感，到后来充满失落感，天天唉声叹气，怪房子千疮百孔，怨街巷老旧破败。

"一直以来，社区和街道也在为居民争取，想改变他们的生活条件。"许光静印象中，从2005年起，社区就挨家挨户地入户调查，建档造册。"那时，听说邢家桥社区要打造成古镇，拉来了很多青石板堆放在社区，最后因为居民的反对，这批青石板被拉到了龙兴。"

龙兴古镇现在很出名。

"2011年我们提出过外墙整治方案，当时预算两三千万元，但也被居民们否定了，他们认为这是面子工程，屋内漏水飘灰的问题还是没解决。后来提出过'背包'方案，就是把居民家的厨房和厕所面积向外扩大，这样居住环境更舒适，但最后也不了了之。"

许光静知道，居民们反对，其实还是因为想拆迁，因为1992年、1993年时安置补偿低，16岁以下无安置费补偿政策，人均居住面积小，社区居民一直心理不平衡，甚至可以说充满怨气。

许光静特别理解居民们的心情，因为她自己1992年的时候就不到16岁，因为不满足安置政策，所以也没有补偿，像她这样的，现在三四十岁，开发时还是孩子，后来又有了孩子，当初一室一厅住一代人，现在变成了两代人，以前两室一厅住两代人，后来也变成了三代人，好多家庭，一套老房子里可能生活着两三代人。

居民们希望拆迁，但是拆迁必须满足建于1969年以前、危房、公共设施征用、开发商征用这四个条件之一，其中有三种状况，邢家桥社区显然不属于，至于是不是危房，他们也请来了鉴定单位，但是鉴定后这些安置房不满足拆迁条件。

既然这样，这一次综合整治，就再也不能错失机会，一定要用好政策，让社区的面貌变一变，让居民的居住环境变一变。

项目立项之初，谢兰和许光静就下定决心，要做就做民心工程，不做面子工程。

前面已经提到过，有一天，许光静路上碰到社区一位姓任的小伙子，小伙子给她倒苦水："我在邢家桥三室一厅的房子才900元租金，我去万寿山一带租了一套很小的居室却要1500元，我们社区的房子实在掉价。"

这让许光静很震惊。她做了一个比较，几年前，社区安置房居民把自己的三居室出租，将就这笔租金，在人和其他地方去租一个环境稍微好点的小居室，收支基本能持平。但是近几年，安置房漏水等问题越来越严重，周边环境越来越好，安置房的租金如果用于居民在外租房，已经远远不够。

就是在那次，许光静又一次下定了决心：要办，就和谢兰一起，把综合整治这个事办好。

整治之初，有居民反对是许光静意料之中的，但没想到反对的声音很大，支持比例只有23%。

怎么办？入户走访、院坝会、楼栋会是最传统的宣传动员方式。许光静说，从2019年12月到2020年3月底，入户走访就不说了，光院坝会就开了40场左右，平均两三天一场，一场院坝会就是一场"战斗"。至少两三个小时，不仅宣讲政策，还要记录、答疑，还要被不理解的居民骂。

"最先院坝会根本开不起来，我们在台上讲，台下就有居民开始起哄，一会儿就一哄而散。要么带头起哄的居民在台下讲，什么脏话都骂。"许光静和社区工作人员想了不少招，写"一封信"给居民，有居民不认识字他们就用社区的广播去广播，买来大屏幕电视在社区滚动播放整治后的效果。

快到春节的时候，样板房整治出来了，社区邀请居民去参观提意见。线路、浴霸、橱柜……居民提了五六十个要求。社区和施工方对居民提出的要求认真梳理，最后解决了合理化要求近二十个。包括另外向上级提出申请，将安置房的客厅、卧室一并整治。

2019年二三月份的时候，许光静差点儿扛不住打退堂鼓了，因为每天总有处理不完的各种各样的问题。

"安置房整治过程中，厕所排污管道不能使用，但有很多居民或租赁户没有搬离，其中个别人，无论给他做多少工作，建议他去社区临时建的厕所大小便，他都不听，照样在家里厕所大小便，让楼下居民苦不堪言。"

4栋一位王姓居民，由于室内整治，洗衣机放不下，泡菜坛子给她放错位置了，她又哭又闹。

至于看着邻居的工程进展比他的快，就火冒三丈打电话来质问的居民，实在太多了。

"当时手机差不多都要被打爆了，居民反映问题的电话一天三四十个，一些电话、微信语音开口就是骂声。"许光静最怕半夜电话响，但又不能不接，有时候半夜还跑去施工现场解决问题。

"不可能对居民使脸色，也不可能对同事发脾气。"许光静那段时间一肚子委屈不知道往哪里发泄，"给父母讲，父亲早就巴不得我辞职不做了，回到家里给老公讲，老公看电视也不搭理我。"许光静说，有天看着老公看电视对她不理不睬，她气不打一处，就跑去拉电闸，没想到把电表箱子打坏了。

"要么活不出来，要么浴火重生。"街道领导了解许光静的状态后，对许光静说了这句话。不怕输的许光静也有怕的地方，她说："就怕别人说我是被吓退不干的。"看着生病仍坚持工作的谢书记，看着社区可爱的居民，她还是"活"过来了。

是啊，父亲没说错，社区钱又少，活又多，还受气。

那为啥还在社区坚守？

说到这里，"小迷妹"许光静，又不得不提到她的"偶像"谢兰。

"认识谢书记时，我还是个小娃儿，听家里人说，她开皮鞋厂，跟大东风货车，拉条石，在我心目中，她就是个女强人，办事泼辣干练风风火火。

"后来我们两个成了同事，初进社区的时候，是 2004 年，那时我们一个月只有三四百块钱的工资，有一个残疾大学生，她一次性就资助了两百块，把我们都惊到了，我当时就觉得这个人大气，值得深交。后来这个大学生成了我们社区第一个博士后。

"还有刘小清（化名），精神有问题，离婚了，孩子也不争气，她不是我们社区的，但是是人和的困难群众，谢书记为她在市场最好的位置找了一个免费的摊位，还经常高价买她的草药，我就觉得这个人精力旺盛，啥事都喜欢管。心特别好。

"平时，社区居民不管有啥困难，到她那里都马上能得到解决，我又觉得她像个有侠肝义胆的女豪杰。"

说起书记谢兰，社区主任许光静就像个"小迷妹"。当初，这个"小迷妹"来社区工作，一是想改变自己内向的性格，二也是想追随自己十几岁时的"偶像"。

也正是这个"小迷妹"，在邢家桥社区安置房综合整治最艰难的时候站出来，与自己的"偶像"并肩推进工作。

2019年4月7日，清明节假期的最后一天，很多事情堆到了一起，许光静头都忙晕了，有那么一刹那，她感觉十分疲惫。

这时"偶像"谢兰打来了电话。

电话中，许光静回答着谢兰问到的一切：张家的线板最后安了几个？他满意吗？没有阻工了吧？李家上次说搭施工架子遮到他家光线了，这两天他没闹了吧？王家的水槽尺寸，她说让我们记下来，说今天打电话告诉我们，电话打了吗？……

许光静一一回答着这些问题，放了电话才想起，她都没有问一下她的"偶像"手术的情况如何。

要知道，这是一位刚刚从ICU回到普通病房的病人，这位病人做了肺癌手术才三天。

除了怪自己忙晕了，许光静心里更多的是愧疚和自责，她想起谢兰2018年10月就查出了肺癌，一直拖着不去做手术，2019年整治工程第一期架子搭好了，才去住院了，除了在重症监护室的三天，每天谢兰都要和许光静通电话，电话里了解了安置房整治的进度才安心，还随时在微信群里关注着居民们的情绪、需求。

虽然，对工作要求严格的谢兰，有时也会对许光静有"恨铁不成钢"的责备。有一次,谢兰让许光静安排几个工作人员去居民家,了解施工造成的不便。由于工作人员存在畏难情绪,这件事没有落实好。为此,对工作一向严格的谢兰冲许光静发了火:"这个事情交给你,你就要想办法,无论如何不能掉链子。"

"书记,你不要生气嘛,是我不对,我去想办法。"那一次,许光静一边反省自己,一边带人上门落实工作。

其实,许光静是谢兰最放心的人。在谢兰患病住院期间,她主持起了工作,谢兰每天都要跟她通电话,才能暂时放下心来。

想想这样一个"刀子嘴豆腐心"的书记,这样一个病床上还在操心整治工程的书记,再转而想想自己,没病没灾的,却遇到点儿事就想打退堂鼓。

许光静是个感性的人,想到这里,她哭了,发誓再也不打退堂鼓,跌倒了大不了再爬起来。

尽管因为居民心中有怨气,许光静和谢兰都受过很多委屈,甚至挨过很多骂,但一想起邢家桥的居民,许光静还是会想到很多让她暖心的瞬间。

居民杨际华是一位老太太,她有一个孙子,现在十八九岁,许光静一直记得,以前这个孩子在学校上学的时候,每次许光静从他们学校过,他都会从队列里跳出来,双脚并拢,大叫一声"孃孃好"!

"就像看到娘家人一样。"许光静这么形容道。

还有一个老人，也令许光静记忆深刻。这是一位失忆的老人，叫陈方秀，住在社区的1栋82号，现在已经过世了。去世前，她连自己的家人都忘记了，却还能记住许光静的名字。

累的时候一想起这些，许光静就觉得，自己在邢家桥的付出没有白费。而且，一想到这些，她再也不怕家人对自己的工作不支持，不怕群众和她"杠"，也不怕"偶像"谢兰"恨铁不成钢"的责备。

她唯一担心的是谢兰养病期间，她工作没做好，拖了大家的后腿，尤其怕谢兰一心挂着工地，挂着社区，不能安心养病。

这样想的，不止许光静一个。"老书记"邓美清坚决不准谢兰再到现场去，也不让她来单位上班。她说："在工地上奔波，白天去工地前是一头青发，从工地出来就变成了'白毛女'，这对我们健康人来说也就罢了，但你是个病人！你不能太逞强！你实在放不下，就上午来上一个小时，下午来上一个小时，了解一下情况就可以回家了。"邢家桥社区的工作人员都赞同"老书记"说的。

但谢兰就是"不听劝"，医生的叮嘱不听，老书记的话也不听，术后仅十天就回到了岗位上。

同事们只好私下商定："要帮书记多分担一些，我们多跑一点，书记就少走一点，我们多做一点，书记就少费点心。"

于是，他们工作更加卖力：居民说生活困难，他们就想办法介绍工作；居民下午说灶台太小，晚饭前就有工作人员来改尺寸；居民因为节约，施工期间不愿出去找地方住，老书记、社区副主任张云强等热心同事，就让居民免费住进自己家。

慢慢地，居民抵制的态度发生了转变，改造工程一步步推进。

现场总协调人"姚工"

人和街道规划建设管理环保办公室主任廖小均，和他办公室的同事——工程师姚红梅，是整治工程的两位现场总协调人。

这个总协调人可真的不好当！不仅要面对社区 16 栋楼共 488 套安置房的住户，还要和现场施工人员协调，包括工程整治过程中遇到的水电气问题，以及各种拉拉杂杂的事。

这两位总协调人一男一女，其中，廖小均随时待命处理施工现场的突发情况，忙到忘记儿子生日，被家人埋怨，却嘿嘿笑着说："儿子，长大了，你会像爸爸一样，明白男子汉肩上的责任。"

当廖小均这样说时，他的妻子不说话了，因为她知道邢家桥综合整治工程的现场工作确实很难。

廖小均的同事，两江新区人和街道规划建设管理环保办公室工作人员姚红梅，则被邢家桥的居民们亲切地称为"姚工"。

2019年劳动节,姚工的女儿度过了最快乐的大半天,因为每个周末都在整治工地上度过的妈妈,终于有空陪了她大半天。

"姚工,劳动节还上班啊?"

"姚工,你没打伞啊?把我的伞拿去吧。"

"姚工,现在卫生间的铝扣板往上移了,我儿子洗澡时再也不会碰着天花板了,我儿子专门让我来谢谢你!"

5月2日,终于在家陪了大半天女儿的姚工又来到了工地,这一天下着淅淅沥沥的雨,邢家桥社区安置房综合整治工程仍在施工中。工程总协调人姚红梅,手里拿着厚厚的记录本,上午九点左右就到了现场。

这段时间,她早上七点过就到现场,晚上九点多回家。半年多来,节假日、周末几乎都在施工现场度过。

过节,事情比较少,所以比平时晚了一小时。

"4栋屋面层拆除,防雷扁铁安装,室内厨厕拆除面层块料厚基础是否完好……"一到现场,姚红梅就翻开记得密密麻麻的记录本,一项项对照着,处理上面记的问题。每处理完一项,就划掉一项。

每天,她都会入户检查,并根据入户检查的内容和项目,记下存在的问题。

因为前几天下雨,还在整治的少部分房屋出现了屋顶渗水问题,姚红梅早上一到现场,就协调处理。不到一个小时的时间,她已经去了两趟施工现场,上门走访了五家人,打了两个电话。

做这些的时候,那本厚厚的记录本始终没有离手,边问,边记,边划掉已经处理好的,连水都没来得及喝一口。

多少人作业,项目经理和安全员是谁,哪些人参加了施工,哪些人参加了检查,给出了怎样的检查建议,记录本上都一一注明,这样,发现任何细节有问题,都可以像产品质量溯源一样解决,确保每个问题都能找到相关的责任人。

这样,才能不走过场,将民生工程做成民心工程,而不是面子工程。

从 2019 年 3 月 4 日综合整治一期工程开始,到 5 月份,他们每天收集到的和居民反映的整治问题能有二百多个,光问题分类落实人头,就得花两三个小时,晚上回家一般都九点多了。

"很多居民有了问题,如果没见着姚红梅的面,等都要等到她,对其他任何人讲,都会觉得没跟她讲那么放心。"因为姚红梅细心、有耐心、办事靠谱。走访协调,做群众工作,成了姚红梅的专长。

人和街道人大工委主任盛勇经常去整治现场,他印象最深的是一位黄爷爷,有问题必须要给姚红梅反映,其他人都不管用。

黄爷爷老两口住 4 栋 5 楼。因为节约,两室一厅的房子,老人也隔出一间出租,所以空调外机架需要放两个外机。

一般情况下,空调外机架是统一设计的尺寸,只能放一个外机。但鉴于黄爷爷家的特殊情况,姚红梅和施工单位进行了协商,为老人定做了一个架子,能放两个空调外机。

"她说能替我解决问题,就肯定会解决,我相信她。"黄爷爷放心地说。

但黄爷爷不久前还是一个"钉子户"。

十几天以前,4月18号那天,社区书记谢兰刚刚做完肺癌手术不到半个月,正按照医生和丈夫的叮嘱,躺在家里养病时,把她急得拔腿就从床上站起来,往工地上跑的,就是微信群里突然出现的信息:一期工程的90家住户,有14家打掉了承重墙,4、5、6栋中有一栋有7层,下面6层的住户都把承重墙打了。

虽然那天谢兰被居民们拦着没上工地,但走走停停一两个小时听居民反映情况,手术伤口都裂开了。

而那14户打掉承重墙的居民里,就有黄爷爷。

当时,黄爷爷把家里的承重墙打通,做了个无烟灶台,不仅破坏墙体承重,还影响整体面貌。

当时,经过社区干部做工作,14户中的好几个党员都带头将承重墙恢复了,而黄爷爷,却是14户中的一个"钉子户"。

为这个事儿,姚红梅跑了不下二十次,其中好几次都吃了闭门羹。不过,最终老人还是拆掉了无烟灶台。

像黄大爷一样,从对整治工作抗拒,到对干部像亲人般信赖的,还有吴燕一家。

就是她，吴燕，刚才姚红梅一到办公室，就叫住姚工，对姚工说自己家卫生间铝扣板抬高了，儿子洗澡再也不会碰到天花板了，儿子专门让她来谢谢姚工。

"她办事件件有着落，给她打满分一点儿都不夸张。"吴燕说。她家原来厕所的空间比现在小，儿子1.8米的个头，进去洗澡，头差不多碰到了厕所天花板。这个情况，一向姚红梅反映，没过多久，施工人员便来到家里，将铺好的厕所地面打开挖深，重新做了防水和铺装。

"儿子现在站在卫生间，再也不怕头顶天花板了。"吴燕一家都很满意。

5栋1-2的吴燕和其父亲，其实之前也都是"钉子户"。

他们都住在邢家桥社区多年，几个月前，也是反对整治最激烈的居民，拒不在同意书上签字也就罢了，他们还采取过一些过激行为。

不过，现在看见姚红梅进屋，吴燕一口一个"姚工"喊得很亲热。

"这里的居民都很朴实，只要真心为他们做事，自然会慢慢改变看法。"这是姚红梅的感受。

不过，姚红梅在收获邢家桥居民们信赖的同时，也不可避免地疏忽了自己的孩子。

2019年，姚红梅的女儿中考，"3月，女儿一诊考试结果下来，成绩很差，丈夫为此和我吵了一架，说我分不清轻重。"姚红梅说。

本来，丈夫和亲戚就不理解她为什么要接这么一个费力不讨好的活。整治期间，姚红梅生了一次病，需要输液，她都是晚上抽时间去医院，这些，丈夫都看在眼里，心疼之余，想想整治工程正在攻坚阶段，劝她别那么卖命的话到了嘴边，又咽下去了，没说什么。

现在，到了涉及女儿前途的关键时刻，丈夫看她还是这么"拎不清"，自然更加愤怒。

其实姚红梅也很内疚，毕竟女儿的前途也很重要，自从"一诊"的结果出来，她每天一定要给女儿做好早餐，和女儿聊聊天后，再一起出家门。

"工地上辛苦的不止我一个。"姚红梅说。

邢家桥社区安置房综合整治项目责任工长汤超，有一次在施工现场巡逻检查，一位居民告知他，自己家厕所吊顶上方漏水。汤超观察了一下，发现吊顶确实在滴水，他揭开扣板想看看是怎么回事，结果打开扣板的一刹那，全身被淋了一身粪水。

虽然一身粪水令汤超尴尬无比，他还是不顾身上的粪水味道，先通知工作人员来处理，再回家洗澡。

志愿者黎国平

经历了"九九八十一难",其实还不止,到 2019 年 5 月 10 号左右,一期整治工程终于结束了。

整治后,霉变的墙面已全然不见,房间焕然一新,厨房和卫生间都进行了整治。街道和社区的干部还告诉大家,除了楼房内部,楼栋的外立面也要全部进行粉刷,以前露在外面的电线将全部埋在地下,伫立在外面的变压电站也将整体迁移到安全区域。

"你们来看嘛,改造后确实舒服多了,我们全家都很满意!"黎国平热情地邀请其他居民进她家参观。

洁白无瑕的墙面、锃亮反光的地砖……整个房屋确实整洁美观,再也看不出一丝老旧房屋的痕迹。她说,除了家具电器、艺术吊顶由自己花钱外,其余整治改造全由政府埋单。

她的旁边,笑得合不拢嘴的,是她曾经离婚的丈夫,那个很帅的丈夫。

曾经因为房屋太破太旧,两口子每天气不打一处来,一天一小吵,三天一大吵,她天天骂丈夫没出息,拿不出钱来买房,而丈夫确实拿不出钱来,因为已经花钱给女儿买了房。

吵到丈夫实在不想再待在这个到处漏水、天天吵架的家中,终于一走了之,两人离了婚。

黎国平家属于一期整治的范畴，随着一期整治结束，房屋变得焕然一新，丈夫又悄悄地回来了。

毕竟，几十年的夫妻还是有感情的。

曾经，在黎国平经济最困难的时候，连一百元的份子钱都拿不出来的时候，是谢兰帮她找了一份在临时市场当自愿者的工作，后来，解决了生计问题的她，整日又为漏水漏得一塌糊涂的房子苦恼不已，现在，房子也已整治得焕然一新。

随着房子旧貌换新颜，婚姻也重回正轨，这些都让她对谢兰充满感激之情。

被社区干部的言行所感召，她成了一名整治工作的志愿者。

一期整治范围内的住户们已尝到整治的甜头，但那些仍在观望的，依旧有着种种抵触情绪，个别的还有过激行为。

"你们都先来我家看看。"包括黎国平在内的社区志愿者，很多是参加了一期整治的居民，他们走家串户，让居民们去看他们整治一新的家。

这些志愿者还与社区人员一样24小时开机，随时记录居民建议，收集居民诉求，然后及时反馈给社区工作人员。

慢慢地，居民的担心和不安情绪得到安抚，越来越多的居民签订承诺书支持整治。

黎国平们还自发成立居民巡逻队，全面介入社区综合整治工程的原材料把关，还对施工过程、后期恢复等进行全面监督。

有了这支巡逻队,起初对整治质量不放心的居民,好多都放下心来了。

"宣传员"田其忠、徽姑婆、黄大爷等

当上了志愿者的黎国平整天忙忙碌碌,乐乐呵呵,她整治一新的家也洋溢着喜气,不仅她的丈夫回家了,她丈夫的弟弟,那个曾经坚决不让整治自己房子、不接社区干部电话的田其忠,也对整治效果十分满意,经常把他家当样板间给居民看,"说实话,这个装修质量真的还是没啥子话说",他常与居民交流住在"洋房"里的感受。

"他成了小区最早的一批宣传员。"谢兰说。

这本书的开头曾写到,七十多岁的徽姑婆,曾在一个凄风惨雨的夜晚,拉谢兰去她家看那堵起泡起得厉害的墙,无奈地诉说,家里人已花过两三万元,刷了三次,墙却依然起泡、墙皮脱落,电线裸露在外……

当初,因为房子漏水太厉害,实在没办法,她不得不搬离了邢家桥,住到鸳鸯街道照看孙子。

邢家桥社区开始搞安置房改造以来,徽姑婆经常坐公交车,

从鸳鸯到邢家桥看工程进展，帮社区出谋划策。

徽姑婆曾是龙坝生产队的村社干部，很有与群众沟通的经验："敲门后，先介绍自己，态度要热情，告诉居民来做什么，对方请你进去才能进。"她常跟社区干部们传授经验。

"社区干部们确实还是辛苦，我作为一个老村社干部，现在手脚还算麻利，就想去帮一帮他们。"她说。

"儿有儿的娶法，女有女的嫁法，不可能后来条件好了，看小女儿嫁妆丰富，先嫁出去的大女儿还要回来要嫁妆。"徽姑婆做思想工作的语言很生动，让居民们一下豁然开朗，慢慢意识到：因为邢家桥社区开发早，补偿政策不如后来开发的社区，就心里不平衡，赌气抵制整治，没有多少意义，不如抓住现在的好政策，改变一下自己的生活环境和居住条件。

而且，这些话，还成了社区干部做群众工作时的"金句"。

而那位曾经打掉承重墙修灶台，而且拒不恢复的黄大爷，也主动请缨，当起了项目综合整治小组的志愿者，他帮不在家的27户居民保管房屋钥匙，打扫临时厕所，还会主动入户，协助工作人员，处理整治过程中产生的小纠纷。

当初，因为打掉承重墙修灶台的事，人和街道规划建设管理环保办公室姚红梅"姚工"，可是去了他家二十来次。后来，因为他家要求有可以放两个空调外机的空调架，姚红梅"姚工"帮他解决了，他越来越信赖"姚工"，有什么问题一定要找"姚工"。

志愿者任树英

志愿者越来越多。2019年5月，任树英也戴上"治安巡逻"的红色袖标，成为人和街道志愿者义务巡逻队的一员。

邢家桥社区安置房共16栋，社区居民任树英的家就在其中的6栋1–2。经过一期工程改造，她的家焕然一新：客厅里窗明几净，再也看不到霉变的墙面，原来脏乱的洗手间处理成了干湿分区，厨房墙上地上看不到一丝污渍。"电线、水管都是重新铺过的，再也不担心漏电漏水了。"看着改造后的房子，任树英笑得合不拢嘴。

一年半以前的2018年底，任树英也是不支持改造的。和大家一样，她主要是担心社区搞面子工程，治标不治本。

她是在哪一天，因为什么，打消了疑虑？"楼道没有电梯，来推动改造的社区干部都是爬楼梯，一天跑上跑下好多回；他们的手机从来不关机，对一般的问题从来不隔夜回复……看得出，他们不是在搞面子工程。"任树英每次说起来，都很感动。

其实，和徽姑婆一样，几年前，任树英与老伴随儿子儿媳去了新居，将老房出租了。去新居之后，任树英也总是不时往老房跑，回来唠唠嗑、喝喝茶、跳跳坝坝舞，这令她感到心安。毕竟，这里是她最熟悉、最难以割舍的地方。

"心里挂着邢家桥，为啥还搬走？"老街坊们喜欢跟任树英摆龙门阵，常常这样问。"孙女还小，需要人带。"任树英每次都这样说，实际上，大家都明白，搬走的很大一个原因，是邢家桥的房子确实很让人头疼。

记忆中，应该就是汶川地震之后开始的，老房子已经不只是厨卫排水管滴漏，到处都漏，内墙出现了霉斑，底楼又潮湿，她常常关节疼痛得难以忍受。多次修修补补，却没有效果，这让她和老伴束手无策。

2018年底至2019年初，社区4户住宅和5个门面作为样板房进行了试点整治。这期间，任树英和老邻居们不仅看到了过硬的工程质量，也感受到了街道、社区满满的诚意。

于是，和4、5、6栋的所有居民一起，任树英在社区综合整治工程的居民申请书上，签下了自己的名字。

任树英的老房子因此纳入了综合整治一期工程的范围。

2019年3月4日，一期工程开始了，之后，任树英的老房外搭起了施工脚手架，虽然时不时会遇到阻工，导致工程停滞，但一切还是有条不紊、紧锣密鼓地进行着。

眼见着楼栋里原先斑驳陈旧的一切，正一点一滴焕发新的活力，任树英期待之余，更觉得自己应该为整治工程做些什么。

2019年5月,任树英戴上了"治安巡逻"的红色袖套,加入了邢家桥综合整治工程志愿者义务巡逻队。她和黎国平一样,作为被推选出的居民巡逻代表,不仅要对该社区综合整治工程一期工程的原材料全面把关,还要对施工过程、后期恢复等进行全面监督。

成为志愿者后,每天清晨七点,任树英早早上岗,她熟练地在邢家桥社区楼下的储物柜里,取出安全帽和袖套佩戴好。无论刮风下雨,还是头顶烈日,安全巡逻、意见收集、施工监督、为老邻居做思想宣传,每项工作她从不懈怠。

她的房子整治好之后,每天,当义务巡逻员之余,她整天想着如何扮靓自己的"新"房子。

因为任树英的老房就在6栋底楼,门前是院坝。见任树英拿着抹布擦里擦外,忙得不亦乐乎,喝茶的老邻居也开心地跟她打招呼。

"树英,新家住起舒服哟?"

"当然哟,就差客厅的钢化玻璃没安装了。"

"还打算租出去吗?"

"我现在就是想搬回来,如果搬回来的话,我亲手做一桌饭招待大家!"

任树英告诉老邻居,前几天,已有新的租客在问价了,但这么新崭崭的房子,她想自己住。

说这话的时候，包裹6栋老楼的脚手架已拆除，任树英曾经破旧斑驳的家，已经豁然开朗。社区综合整治工程还为任树英送来了崭新锃亮的不锈钢防盗窗、很"潮"的棕色橱柜、品牌抽油烟机、厨房及卫生间的花色吊顶。厚实的厨卫瓷砖也已铺好，整整齐齐，浴霸照明灯也已经通电了。

为了不辜负这个崭新的家，她家自己又花了几百元，把室内木门换了新，又添置了新的马桶和洗手台，还请木工为客厅定制了一扇装饰架。

曾经变形变质的老家具，任树英已处理掉了，新家具很快就将搬进屋。

她希望邢家桥人都能和她一样，住上这样的房子，告别曾经窘迫不堪的生活。

为此，她又从社区储物柜里取出安全帽和袖套佩戴好，开始了她作为志愿者新的一天。

"让小婴儿有个崭新的家！"

看到黎国平、任树英、田其忠他们装修得崭新的房子，那个因女儿怀了孕，抱定"怀起娃儿，房子动不得"的熊从珍老两口也心动了。

"妈妈都是心疼女儿的。"熊从珍的大女婿,社区党员雷琦琳一直都理解老人家想要保护晚辈的心,所以就一边给老人做思想工作,一边想办法解决难题。

其实,看到前期整治的效果,经过社区工作人员和家人的劝说,熊从珍也心动了,只是因小女儿"情况特殊",迟迟下不了决心。

"娃娃要在好的环境里成长,你早点把房子整好,娃儿生出来的时候,面对的是一个新崭崭的家,你开开心心带外孙,哪点儿不好嘛?"

察觉到熊从珍老两口的动心和犹豫,社区书记谢兰不失时机地来到她家,这样跟老两口说。

听了谢兰的这句话,熊从珍抬头看了看自己四处漏水的家,是啊,女儿怀上了这个宝贝疙瘩,难道忍心看到孩子一出世,就生活在这样破烂的环境中吗?

生活难免不如人意,我们成年人可以忍辱负重,但想尽办法,也要在自己力所能及的范围内,为孩子创造最好的条件。

这也是中国人的普遍观念。

2019年6月,将怀孕5个月的女儿安顿到女婿的老家涪陵养胎,熊从珍在改造同意书上签了字,而且,她还当起了房屋综合整治的志愿者,与老伴吃住都在改造现场,帮8户不在社区居住的老街坊保管钥匙，方便施工队入户施工。

"我听到谢书记得了癌症做了手术还在忙改造的事，我觉得我不能再给她添乱了。"

除了要给即将出世的外孙一个崭新的家，心疼患癌的书记谢兰，也是一个原因。

看到工程给社区带来的变化，居民们用自己的方式，表达着对"谢兰们"的感谢和支持。

像黄婆婆那样的党员们

志愿者、网格员、居民代表中，很多都是共产党员。

安置房综合整治工程的居民代表之一黄婆婆，就是其中一个。

黄婆婆叫黄淑萍，就是前面提到的独居老人黄淑珍的堂妹。多年前她的堂姐黄淑珍家下水道主管断裂，水外流，时任社区书记邓美清带着谢兰，半小时内就找人去处理好了，不仅堂姐黄淑珍非常感动，堂妹黄淑萍也一样。

独居的堂姐黄淑珍后来因身体不好去世了。堂妹黄淑萍却逐渐有了一个明晰的心愿：入党，做邓书记、谢书记那样的共产党员。

也或许，这个心愿几十年前就埋藏在她的心中了。

2020年，黄淑萍79岁，已经是名老党员了。

14年前，她65岁，在邢家桥社区实现了努力奋斗几十年的目标——入党。

小时候的黄婆婆家里很穷，记忆中的农村老家，只有一间又窄又破旧的茅草房，还被隔成了三间。床上没有床垫，全家只有一床像样的被子。她的母亲走得早，最大的愿望是想要一床新棉絮，但直到离世，也没能实现这个心愿。

黄婆婆是家里老三，是家中兄弟姐妹中文化最高的一个，读完了初中。

初中毕业后，她回到老家，当上了村妇女主任。

"也许从那时，我就模模糊糊有了入党的愿望。"黄婆婆回忆说。

当妇女主任时，黄婆婆做调解工作很有一手。人和乡开发，搬进邢家桥社区后，黄婆婆就被居民选上，当了居民组组长，这一干就是几十年。

老人家特别热心，邻居家下水道堵了，她马上去找人疏通；社区居民找她谈心，诉说两口子最近的矛盾，她马上把夫妻俩各拉一边，分别做思想工作；邻居家小外孙出世，她着急地祈祷平安；新来的社区人员不熟悉环境，她当导游走家串户；自己开了个茶馆，不仅十几年没涨过价，天热时还熬清凉饮料给过往的居民喝。

只是因为黄婆婆已经 79 岁高龄，几年前又曾罹患直肠癌、胆囊炎、高血压，疾病缠身，居民组组长才换了人选。

然而大病初愈的她，却依然忙里忙外，闲不住。

她在忙些啥？

黄婆婆家门前，设置有停车栏，整治工程的施工车辆进出，全靠黄婆婆把关。再晚，她也会起来开门。其实，她能感受到，施工车辆挺为居民着想，不会轻易占道打扰居民生活。

更主要的是，整治工程宣传初期，黄婆婆的亲戚极力反对，黄婆婆完全懂大家的心情，因为当初确实存在开发补偿低等问题。谁都想拆除重建，谁都想住进新房，但这社区，目前并没达到拆除重建的相关要求。黄婆婆把自己掌握的政策规定告诉大家。

她的家门前，挂上了"党小组活动点"的标识牌。每周，社区党员都会来她这里聚会讨论，黄婆婆喜欢这份热闹，社区施工期间，她总是备好茶水，开好空调，为大家做好后勤。她甚至将她家客厅变成了自发的便民点。

她利用这个平台，也利用平时摆龙门阵、拉家常的时间，告诉大家："以前开发时，补偿低，现在生气、吵架、不服气，都不是解决问题的好方法。"黄婆婆明事理，明白问题的解决总需要时间和契机。

"你们的心情我也完全可以理解，但这样对社区干部不理不睬，或者阻工，让工程进行不下去，影响社区多数居民的利益，就不好了。"黄婆婆对自家亲戚好言相劝，劝他们别再把社区人员拒之门外，也别再做出过激行为。

慢慢地，亲戚们内心的不满缓和下来，对整治工程抵触的人越来越少。

但其实，起初黄婆婆对整治工程也有犹豫，因为她家的房子，是用尽全家积蓄刚装修完不久的。

黄婆婆的大女儿身患重病，多年来，外孙梦梦跟着黄婆婆生活。黄婆婆的老伴去世后，梦梦的婚姻大事，黄婆婆一直放不下心。

梦梦今年33岁，勤快懂事，是一名出租车驾驶员，常上夜班，每天起早贪黑地忙碌。黄婆婆很爱这外孙，很想看到自己的乖孙孙早点结婚生子。

两年前，梦梦也如外婆所愿，交了位女朋友，都到了谈婚论嫁的阶段，却因为房子的问题，姑娘提出分手。

原来，当初搬进邢家桥社区的时候，家庭经济很困难，多年来，她和外孙一直住在一点儿都没装修的清水房里。

老房年久失修，厨卫漏水问题逐日加重，发出难闻的异味。墙壁也开裂，甚至发霉，居住环境恶劣。

"住进这样的环境，也不怪人家年轻姑娘不愿意。"黄婆婆完全能理解，她懂姑娘的心思。

于是，黄婆婆跟梦梦商量，不如把家里的积蓄拿出来，把老房好好装修一遍。既改善家人居住环境，也为以后娶媳妇做好准备。

梦梦同意后,婆孙俩把积蓄凑了凑,为家里换上了全新的家具;为了墙壁再也不发霉开裂,护壁板用了新型防水材料,还有好看的欧式花边;厨卫的地砖、墙砖都很厚,吊顶也选用了耐用的材料。当年,为了这次装修,婆孙俩几乎花光了积蓄。

黄婆婆住在2栋底楼,综合整治一期工程开始后,社区人员又一次上门作宣传,希望黄婆婆配合参与综合整治工程。

"我家刚装修不久,又要拆除吗?"黄婆婆还是觉得有些舍不得。

"绝对尊重你的意愿,黄婆婆,刷内墙面、换厨卫砖、换抽油烟机和浴霸等等,都是无偿的。"社区人员解释说。

"我刚换的防盗网,拆了多可惜呀。"

"我们的防盗网是现做现安装,质量也有保障,你放心。"

社区人员的话,让黄婆婆释然了,明白了:综合整治并不会让自己家有损失,而相反,如果自己家拒不参加整治,则会给迫切需要改善居住环境的其他家庭造成障碍。

豁达开朗的黄婆婆笑了,通情达理地说:"我知道,能享受到这么好的政策,是好事,是我的福气。只要能避免不必要的损失,我都愿意配合。"

之后,眼看一期工程已完成,4、5、6栋居民的老家换了新颜,黄婆婆很高兴。很快,她所在楼栋的居民们,也会随之过上新的生活。

通过社区展板上的效果图，黄婆婆还了解到，邢家桥社区将新修社区广场，为方便社区居民出行，社区与广场之间将设置电梯做连接。这也是邢家桥社区综合整治工程的一部分，目的是外环境、内环境双管齐下，改善居民的居住环境。

黄婆婆性格开朗，喜欢耍，喜欢运动，就盼着社区广场尽早修好。她还期待健身器材进社区，到时候，她活动筋骨就有好去处了。说不定，社区会成立新的坝坝舞队，黄婆婆会去报名。

现在，每天凌晨四点半，黄婆婆还会带着游泳圈，出发去照母山公园游泳。游完泳，天也亮了，她再返回社区打扫街道。因为黄婆婆，2栋至6栋门前的社区街道变得清爽起来。

在邢家桥社区，像黄婆婆这样的党员，不止一个。

邢家桥社区有160多名党员，居住在安置房中的有42名。谢兰本人是在2005年入党的，她给社区党员设岗定责，把社区这160多名党员都变成了社区的工作者、志愿者，让他们成了社区力量的有益补充。

而在这场综合整治的攻坚中，党员更是成了她要抓实的关键少数。几次政策宣讲之后，党员成了整治中的第一拨支持者。社区党员带头签署承诺书，支持综合整治，并说服、带动亲属支持综合整治；每家每户的具体情况、诉求，也由社区党员先去摸底。

还有那一次，谢兰做了肺癌手术之后不到半个月，躺在床上养病时，从微信群中得知，一天之内发生了14处违规打墙，破坏房屋结构的事件时，也是让社区主任许光静率先找共产党员周道福。老周带头施工堵住缺口后，社区干部又"各个击破"劝到凌晨两点，直到14处打墙开门的缺口被全部补上。

带头整治的任向东，也是一名党员。他的房屋整治期间，由于施工不慎，造成多间房屋大面积进水，社区干部提出马上给任向东进行修补恢复。关键时刻，任向东表示非常理解，认为这么大的工程，整治的又是十几年的旧房，没有一点儿失误是不可能的。他不但没有提出任何赔偿要求，还安抚好母亲的激动情绪，劝其不要影响施工。

谢兰非常感动："关键时刻，党员们确实担得起。"许光静记得，她几乎是自言自语地这样说。

为什么在关键时刻，谢兰总相信党员们能有这样的担当？因为她相信自己在党旗下的宣誓，也相信每一个共产党员，都怀着这样的信仰。

"当你举起右手，对着党旗宣誓时，说的话到底是真还是假，这个时候算是一次检验。"当谢兰回忆起自己2005年在党旗下的宣誓时，她这样说。在她看来，党员就是特殊材料做成的人，党员在关键时候必须站出来。她这样要求自己，也这样要求邢家桥的党员们。

"这就是基层党组织的战斗堡垒作用和党员的先锋模范作

用！没有这些党员志愿者，光靠我们社区干部肯定是不行的。"

党员在这次整治中就是一面旗帜。

网格员、外援

不只是善于抓住党员群体这个关键少数，谢兰还严格要求社区工作人员和网格员，在只有十几个工作人员的社区，拉起了几百人的队伍。包括社区党员，也包括志愿者、网格员，甚至连其他社区来学习经验的社区干部，都成了谢兰的"兵"。

如果说谢兰是社区的大脑，那么社区干部、党员、志愿者、网格员等无疑就是社区的手脚、眼睛和耳朵，正是因为大脑和手脚、眼睛、耳朵密切配合，谢兰才能在社区工作中得心应手。

"我必须对他们严格要求，不然怎么成长。"谢兰坦言经常批评社区工作人员，目的就是要通过传帮带，确保他们关键时候能看得见、站得出、顶得上。有居民房屋改造期间没地方住，社区副主任张云强就顶上去，让出自己的房子给居民住。

"每一个网格员都是我的眼睛和耳朵。"网格员发现问题、报告问题，社区来协调解决。谢兰是每个网格的"总长"，通过实行网格融合化，依托"一长四员四组织"的"三定一包"网格管理，将"触角"和视线延伸至社区的每个角落，从而能够做到及早发现问题、及时解决问题。

"每个人分配两个'钉子户'，让他们去攻关。"征地拆迁和旧房综合整治非常锻炼基层干部的能力，人和街道将其他没有这种经历的社区党委书记和居委会主任，派来邢家桥学习，而谢兰却把这当作一种支援，每人分配两个"钉子户"，让他们帮忙啃硬骨头。

党员的带动力、社区工作者的服务力、网格队伍的渗透力、志愿者的影响力，正是这"四力"，赋予了谢兰无穷的力量，让邢家桥旧房综合整治工程一步步向前推进！

人心齐，泰山移。

第五章
实现"广厦安居"梦

在街道书记蒋兴益眼里涌出泪水的那一刹那,电视台记者将镜头对准了他,蒋兴益用手挡了一下,"不要拍",说完,他快步疾走,去洗手间擦掉了自己的泪。

"这是我在街道工作 20 年来,第一次掉眼泪。"

"对不起,书记,把你说哭了。"谢兰这么说时,自己的眼睛也红红的。

2019年8月1日重庆市委常委、两江新区党工委书记、管委会主任段成刚与邢家桥居民交谈

居民围聚在一起商量整治方案

第五章 实现"广厦安居"梦 | 185

2019年10月19日,住建部副部长黄艳到邢家桥社区调研

居民争阅党报

两江新区举行主题教育先进典型事迹报告会(右八为市委常委、两江新区党工委书记段成刚,左七为市委宣传部副部长李鹏,右六为时任两江新区管委会领导王志杰)

谢兰(左三)与时任街道书记蒋兴益、甘敬鸣主任等在两江新区主题教育先进典型事迹报告会上

谢兰在2019年度"感动重庆十大人物"颁奖典礼上

水淹整晚，也不打扰书记

到 2019 年 5 月 19 日，经过了整整一个月，谢兰开裂的伤口终于愈合了。

而邢家桥的旧房综合整治工程第二期，也是在那一天拉开了序幕，社区在 5 月 22 日召开了 9 栋、10 栋、附 1 栋的居民会议。

第二期拉开序幕，则意味着第一期圆满结束。

就像伤口的愈合是一个艰难而痛苦的过程，综合整治第一期的圆满结束，也经历了太多。

在这一个月里，每隔三天，她就需要开车去一趟医院。

也是在这一个月里，她发现邢家桥的居民们，正在悄悄地变化着。

最让她感慨的是，居民现在不仅打电话反映问题时柔声细语，更不轻易让她到现场去。

"怕灰尘太大影响病情"，"上工地前满头青丝，出来时就成了'白毛女'，我们健康人倒无所谓，关键是你才做手术没多久！"

总之，尽量不麻烦她。

5月14日，也就是谢兰的伤口拆线前几天，那时，整治工程一期也尚未完成。

一大早，谢兰接到6栋杨婆婆的电话："谢二妹，施工漏的水漏到我家里，我家被淹了一晚上，我在外面坐了好几个小时，然后回家凑合眯了一下眼睛。"

这么大年纪的一个老人，就这么凑合了一个晚上，谢兰一听就着急了，连声问："为什么不早点打电话呢？"

杨婆婆在电话那头有点哽咽，告诉谢兰："谢二妹，我晓得你身体不好，手术做完才一个多月，伤口裂开了都还没好，我这个事情再大，也没你一个癌症病人的健康重要。半夜三更的，我啷个舍得来打扰你嘛，而且小事我也不会打给你，但家里到处都是水，我实在是要崩溃了。"

听到这里，谢兰心里满满的愧疚，一边赶往杨婆婆家，一边电话联系施工人员处理。

杨婆婆叫杨际华，开始也不想整治，而且施工期间，也生气地投诉过施工人员弄坏了她家按摩椅。

她不愿整治，一当然也是希望拆迁，二也是因为家里娶儿媳妇时装修过，虽然离她家娶儿媳妇也有二十来年了，但因为当时装修得很好，装了护墙板、木质阴角等，现在也不显得旧。所以她开始也不支持整治。

心疼按摩椅被弄坏了呢，则是因为杨婆婆家的按摩椅是女儿为她买的，所以杨婆婆特别爱惜。

杨婆婆有一儿一女，女儿很早就嫁到了香港，时不时给家里寄钱，说起这个女儿，杨婆婆就很自豪。

杨婆婆的孙子有智力上的障碍，现在十八九岁，一米八的个子，很壮，两百多斤。

就是那个让社区主任许光静印象最深的孩子，那个在学校上学时，每次许光静从他们学校过，他都会从队列里跳出来，双脚并拢，大叫一声"孃孃好！"，让许光静觉得特别暖心的那个孩子。

"虽然杨婆婆的女儿在香港，但总的来说，她家的条件也不好，以前一面墙都被水泡烂了，孙子有残疾，一直想找工作，我们也为她想过很多办法，但目前还没找到一个稳定的工作，看能不能先干干志愿者工作。"

"社区有很多像杨婆婆这样没有条件搬出去住的居民，只能居住在一个正在施工的环境中。很多居民都是白天在床上铺一层塑料膜，晚上再揭开这个满是灰尘的塑料膜，一家人去临时厕所里洗洗，再回来睡。煮饭也都是将就，在电饭锅里煮点儿白水菜，真的很不容易。当我看到杨婆婆家没一处干的地方时，我难受惨了，我知道杨婆婆是心疼我，我真的很感动，但是这种事情，确实耽误不得！"

在施工队处理杨婆婆家中情况时，谢兰一边道歉，一边嘱咐她，下次遇到这种情况，不管多晚，一定要第一时间通知自己。

从杨婆婆家出来,谢兰最大的感触是,整治工作对于社区人员来说,是很艰难,但是居民的生活也特别难。

想到这里,她觉得自己加快推进整治工程的心更坚定了。

一份党报就是一颗定心丸

像杨际华杨婆婆那样从不愿整治,到体恤社区干部,体恤谢兰,支持整治的绝非少数。

到 2019 年七八月的时候,很多居民看到整治工程第一期、第二期的效果后,都纷纷在工程同意书上签了字。

而就在 2019 年的盛夏,很多市级媒体也听说了邢家桥的故事。

8 月 15 日,《重庆日报》刊发题为《旧房变"洋房"= 居民喜洋洋》的深度报道,清晰讲述了邢家桥综合整治的来龙去脉,将安置房改造前后的强烈对比呈于报端。

当时,邢家桥社区安置房综合整治的群众工作正处于攻坚期,谢兰带领许光静和其他社区干部们,把报道从报纸上复印下来,制成宣传资料,像当初的《致居民的一封信》《整治十条》一样,挨家挨户散发,又把这篇报道的电子版做成展板公开展示。

新和旧的直观对比，破烂、窘迫对比崭新、亮堂，居民们心中的天平，一下子就倒向了"支持整治"。

"报上都这样说了，我们感觉很可靠。"社区居民张文志说。

一份报道，就是给群众的一颗定心丸。

报道刊发时，邢家桥社区居民对综合整治的支持率为73%，刊发后，支持率很快冲过90%。

"综合整治过程中，《重庆日报》帮了大忙。"邢家桥社区主任许光静说。

因为很多居民看到报道后，对综合整治的态度，由"动心"变成了"迫切要求整治"，借势借力，社区应要求，让大部分居民签订了整治同意书，"一户一策"地和居民敲定了整治细节。

9月份，邢家桥综合整治工程的三、四、五期几乎同时开工。至此，除个别人外，绝大多数邢家桥的居民，都同意了综合整治的方案。

中秋节街道书记蒋兴益被说哭

在街道书记蒋兴益眼里涌出泪水的那一刹那，电视台记者将镜头对准了他，蒋兴益用手挡了一下，"不要拍"，说完，他快步疾走,去洗手间擦掉了自己的眼泪。

"这是我在街道工作 20 年来,第一次掉眼泪。"

"对不起,书记,把你说哭了。"谢兰这么说时,自己的眼睛也红红的。

这是 2019 年的中秋。

也是邢家桥安置房小区的一个"幸福时刻",尤其对于 4、5、6 栋的居民而言。

当时,一期工程的 4、5、6 栋楼已经整治完成,这几栋的居民搬进了新家,家家户户特别开心。正值中秋节,居民提出在小区摆一桌"团圆宴"。

"当时有居民让我组织,我确实没时间。"谢兰回忆。

"你只管来吃,我们来弄。"居民们说。

2019 年的中秋节是 9 月 13 日,安置房长廊里,中秋团圆宴红火开席。每户居民都带来了自己最拿手的菜,有粉蒸肉、辣子鸡、酸菜鱼、糯米丸子、烧白等,200 多名社区居民欢聚一堂,庆祝整治工程一期圆满结束。

"上年纪了,做不动了!"那个宁愿忍着漏水,忍一通宵,也体恤谢兰,不愿打扰她的杨婆婆杨际华,也端着爽口的凉拌豇豆和酸辣粉,参加了"团圆宴"。她今年 68 岁,没力气做"硬菜",带来的爽口小菜十分"叫座"。

一边吃,她也一边回忆起一开始整治时,自己不支持,与社区干部"唱反调"的情景。

"你家以前接媳妇时装修过,可以理解哈。"谢兰和社区主任许光静边敬居民酒,边大度地说。

觥筹交错间,居民不再像往常一样,有倒不完的苦水、撒不完的怨气,而是兴高采烈,聊自己的房子整治得怎么怎么好。

这个中秋"团圆宴"的现场,也是两江新区主题教育的学习现场。人和街道以此活动为契机,在邢家桥社区开展了"不忘初心、牢记使命"主题教育第二次集中学习研讨会,街道班子成员和各社区的党组书记,再一次深入学习了党章,同时借团圆宴之机,让街道班子成员深入群众中,听取最真实的民声,收集最真实的民意,增进干部和群众之间的感情。

这也是由人和街道邢家桥社区党委、居委会,联合工会、团支部、妇联联合开展的"五桥连心·邻里乡亲中秋团圆宴暨庆祝新中国成立 70 周年"活动。

这无疑将为顺利推进邢家桥社区安置房综合整治,打下坚实的群众基础。

"该你发言了。"快到十一点,还没开席时,人和街道人大工委主任盛勇给谢兰发了条消息。

"啊?我一点儿都没准备。"谢兰边想,边咚咚地从楼上往下跑。

说什么呢?就说说这次整治吧。

而关于整治，谢兰真的有太多话要说，实在不知道从哪里说起。

"其实好多夜晚都睡不着瞌睡，眼泪不知不觉就流下来了，又怕打扰了枕边人，自己跑到客厅，擦干了眼泪，又回来睡。"不知说什么，她只想到了那些睡不着觉的夜晚。

忍不住又红了眼眶。

那个曾经风风火火的女老板，那个社区副主任张云超眼里的"超人"，那个带着社区几百个党员、志愿者、网格员闯关攻坚的女人，一时间不知道该如何继续。

眼泪有传染性，是因为感同身受。

就在谢兰哽咽着无法继续的时候，街道蒋书记，一个有泪绝不会轻弹的男儿，也红了双眼。

其实不知不觉中红了双眼的，不止街道蒋书记一个，还有在下面倾听着的很多居民。

胃部又亮红灯

历尽千难万苦，谢兰带领的一班人，终于赢得了绝大多数居民的信任。

然而，综合整治项目渐入佳境之时，谢兰的胃，却突如其来亮起了红灯。

其实，就在《重庆日报》对邢家桥的故事进行报道的七八月份，谢兰就常常感到莫名的胃疼、腹痛、腹胀，有时还伴随着恶心和呕吐。

这一次，又是许光静催促谢兰去医院看。

诊断的结果是胃息肉。

胃息肉一般是良性的，但少数的也有癌变的可能。

因此，医生建议做手术，切除息肉。

因为社区的综合整治工作已步入正轨，谢兰和西南医院的医生约定，2019 年 10 月 9 日去做手术。

"我这个女儿，今年多灾多难，两次入住西南医院，两次做大手术，这次切胃息肉，虽然不像上次那么严重，但我这个当父亲的，还是心疼得很。"

"自从邢家桥社区旧房改造工程开始，二娃就经常忙得连电话都没时间回。"而谢兰一直非常孝顺，以前经常打电话嘘寒问暖，整治工程前，每周都会陪他一起钓鱼。

2019 年，谢兰已经 50 岁了，既然身体不好，工作又这么辛苦，病床旁，父亲谢家华就劝她退休。

"爸，你是晓得我的。"谢兰只回答了这么一句。

确实，作为父亲的谢家华，是晓得他的女儿谢兰的。

这个二娃从小就风风火火，闲不住，性格就像她妈妈，都病得一点儿饭也吃不下了，还天天在地里掰苞谷。

而且她从小就"蛮得"，心大，对病啊灾的，从来不放在心上。

当然，现在的医疗条件不一样，再说，谢兰的肺癌发现时也是早期，这个还是和她妈妈不一样。

是继续劝谢兰退休，还是支持谢兰工作？谢家华决定，亲自到邢家桥社区工地上看一看。

这一看，父亲谢家华的想法变了。

"这个工程涉及几百户人，大家想法、建议、意见肯定很多。上面千条线，下面一根针。这些问题要解决，必须依靠基层党员干部扎扎实实去努力。"

谢家华说，在这种情况下，谢兰脱离工作岗位，确实会影响工作任务和进度，给街道、社区造成损失。

"爸，我还是相信自己当初在党旗下的宣誓。"从工地回来后，谢家华给谢兰说自己改变了想法时，谢兰这样回答了一句。

"是的，既然宣了誓，就要照那样去做。积极完成上级党组织交办的各项任务，是最首要和基本的。"老党员、老基层干部谢家华这样说。

作为父亲，谢家华决定要坚定地支持女儿继续工作。

两江新区掀起学习谢兰热潮

担忧女儿的老父亲，再一次深深理解了女儿，谢兰更是放不下她的居民们。做完胃息肉手术没几天，她就又回到了邢家桥。

这个期间，她和邢家桥的故事，也进一步通过新闻媒体，被更多的人知道。

2019年10月29日早上，一辆长安车载着1000份当天的《重庆日报》，缓缓驶入两江新区人和街道。

打开还散发着清新油墨香的报纸，赫然入目一个整版报道，题目是《一位社区党委书记和1422人的安居梦》。

"看，我们邢家桥又上报了！"

"报上都这样说了，这个综合整治确实是为我们好！"社区居民张文志说。

"这个报道好，谢二妹为我们做了好多好事，她身体不好，我们就不要什么事情都去麻烦她了！"社区居民龚安珍激动地说。

"是啊，看了报纸才真的觉得，谢二妹确实操劳。"

"是啊，这个标题也取得好，《一位社区党委书记和1422人的安居梦》，确实也是为了我们的安居梦，以前我们那个房子好烂哦。现在真的还是不同了。现在感觉完全不一样了。"房子已经整治好的居民说。

"《重庆日报》的两次报道,让群众越来越理解综合整治工作。"78岁的社区居民文其华是一名老共产党员,他感慨地说,2019年是邢家桥社区难忘的一年,综合整治就像一次"长征",历经千辛万苦才走到如今。他相信,综合整治的目标一定能如期完成。

报纸迅速在邢家桥的居民中传开了。

报道中朴实的笔墨、赤忱的情感深深打动了邢家桥的居民们,他们一家几口人,拿着一份报纸传来传去地看,像过年一样兴奋。

因为,这是在讲述他们的故事,讲述他们的房子,讲述他们的书记谢二妹!

第二天,《重庆日报》又报道了邢家桥社区和谢兰。

通过这组蹲点采访,邢家桥的居民们既看到了自己居住在老旧社区的"苦"——正在改变,尚未完全改变的苦;也想起了这个过程中,谢兰带领的所有社区干部的"磨"。

邢家桥的大部分居民都不见得喜欢读书看报,但他们还是认认真真、一字一句读完了两天的整版报道。

读完后,他们更加深深理解了社区干部的"难",这其实也是整个中国社会基层治理的"难"!一连两天,两篇倾情报道,两份真情抒写,生动展现和深情展示的,正是我国城市基层治理的难点与痛点,也是基层共产党员的初心与使命。其中所折射的,既有方法论,也有情感链,还原了基层工作的情感谱系和艰辛历程。

居民们越发理解了谢兰和她带领的社区一班人。

邢家桥社区 1.3 平方公里的土地上,洋溢着干群关系改善后的"乐"。

这"苦""磨""难""乐",构成了两江新区人和街道邢家桥城市老旧社区治理的"四部曲"。

"报纸上都说得恁个清楚了,谢二妹为我们社区操心,为我们的安居梦,我们还不支持她啊?"

截至 2019 年 11 月 14 日,邢家桥安置房综合整治工程群众支持率达到 99.8%,完成了房屋整治工程量的 79%。

不止在邢家桥社区,一连两天的报道,也在整个巴渝大地引发热烈反响,无数干部群众被感动。

这两天的报道,成为整个重庆市主题教育中一曲动人的乐章,两江新区人和街道更是及时组织专题会,开展向"身边的初心使命"学习,号召大家学习谢兰同志的担当奉献精神。

11 月 2 日,人和街道开展"学习谢兰同志先进事迹,为民服务解难题"党员志愿服务活动,10 个社区、一个社区筹备组的 1232 名党员及居民代表,集中参加了 30 余项志愿服务,服务群众约 1600 人次,其中邢家桥社区将驻居组成员、社区工作人员、党员、网格员分成六组,深入安置房小区、加新市场、单体楼院坝,参与政策宣传、垃圾分类、清脏治乱、收集意见等志愿服务;

万寿山社区开展了垃圾分类、"一对一"入户走访、承诺墙等活动，用实际行动践行为民服务的初心和使命，吸引了300余名居民参加；人兴路社区对辖区人行道、树圈、卫生死角等地区的暴露垃圾、牛皮癣广告进行清理，并且开展党员入户宣传垃圾分类；天湖美镇社区把志愿活动分为宣传组、劝导组、信息组、指导组、培训组五个小组，五个小组同时开展垃圾分类知识宣讲、党员带头入户宣传垃圾分类、垃圾分类投放体验、垃圾分类互动游戏等活动，用实际行动引领群众积极参与生活垃圾分类；万和苑筹备组在富抱泉小区大门进行意见征集，对"不忘初心、牢记使命"主题教育、谢兰书记先进事迹报道、垃圾分类、安全、医保、扫黄打非等工作进行宣传，发放宣传资料400余份；和睦路社区结合院坝会，现场向居民宣传谢兰同志的先进事迹，开展垃圾分类宣传、"一对一"入户走访送学、全民动手等活动，把初心落实在为民服务的行动上，用实际行动向典型致敬，切实让居民感受到主题教育的成效；金和社区志愿服务结合"垃圾分类""物业知识宣传"等活动板块，现场设置了居民意见征集点，发放相关宣传资料600余份，党员现场签订《垃圾分类承诺书》60余份；金祥社区本次活动分为社会主义核心价值观宣扬组、社区政策宣传组、便民利民服务组、交通文明劝导组、环境卫生整治组、小区文明宣传组、垃圾分类宣传组七个小组，同时进行谢兰同志先进事迹宣传；万年路社区进行了政策宣传、垃圾分类敲门行动、交通文明劝导、义诊等志愿服务。党员代表、居民代表现场签订了《"垃圾分类我先行"承诺书》；万紫山社区一是开展"送学上门"，把《习近平关于"不忘初心、牢记使命"论述摘编》等学习资料送到行动不便的党员手中，并为他们送上了《重庆日报》等媒体关于谢兰同志先进事迹的专题报道，确保主题教育不掉队；二是"关爱残疾老人"，党员志愿者们来到残疾老人家中，帮助打扫卫生，并与老人话家常，问冷暖；三是"垃圾分类宣传"，党员志愿者们将垃圾分类宣传手册和垃圾袋分发给居民，向居民宣传垃圾分类的重要性和必要性，让社区群众对环境保护、垃圾分类有深刻的认识和理解；龙寿路社区现场集中学习谢兰同志先进事迹报道，开展垃圾分类全民参与行动、"义诊"民生服务、安全出行交通劝导、书法绘画现场交流、法律咨询志愿服务及"不忘初心、牢记使命"主题教育意见征集。此外，党员志愿者们向居民发放安全、扫黑除恶、扫黄打非、反家庭暴力、劳动合同法、2020年城乡医保等宣传资料，进行各类政策宣传。

重庆市委常委、两江新区党工委书记、管委会主任段成刚在人和街道开展"不忘初心、牢记使命"主题教育专题调研时指出，为民服务解难题，是开展"不忘初心、牢记使命"主题教育的重要目标任务。实施城镇老旧小区改造既是民生所需，也是发展所需，要集中全力抓好这项民生工程，切实解决好群众的操心事、烦心事。街道、社区要落实好主体责任，新区各相关部门要全力支持，加快项目进度，让群众早日住进新居，享受良好的公共服务。

2019年11月15起，《重庆日报》又推出系列报道"谢兰为什么能"，探讨基层干部如何在干事创业敢担当中锤炼党性，在为民服务解难题中磨砺初心。

这组系列深度报道，不止在邢家桥，也在重庆引起了强烈反响。

在全国范围内，两江新区主题教育成效也引发了广泛关注，人民日报社报道新区主题教育"注重实质，做出实效"；中央电视台对新区"上下联动、一体推进整改"给予肯定。

主题教育成为塑造两江党组织凝聚力、战斗力的强大动力，成为推动两江改革开放、创新发展的不竭之源。

谢兰的故事，在重庆城，也逐渐变得家喻户晓。

"情况很好，最短可以活5年，最长可以活30年"

"情况很好，最短可以活5年，最长可以活30年！"

"说实在的，去医院的路上还是很忐忑，不过这下放心了，可以正常工作了，让领导再也不要叫我在家休息少工作了！"

10月31日,《重庆日报》连续两天报道邢家桥社区之后的那一天,谢兰又从医院得到了一个好消息。

那一天,她到医院复查,拿到了让她欢天喜地的结果,急忙打电话给同事报平安。

同时接到报平安电话的,还有谢兰的老父亲。老父亲谢家华一直为女儿谢兰悬着的心,总算放下了。

"听到这个消息,居民们都特别开心,也有人提醒我要养养刚做完手术的胃。"谢兰说。

"天丁、老虎姜、侧耳根、黄桅子、艾子、肺心草……刘锦容今天送来一大堆草草药,对我说:'天丁,清热解毒,黄桅子,能治疗胃酸的,艾子、侧耳根,能消饱胀的……'谢谢。"

这是谢兰记载在朋友圈的居民对她的爱。

感动了重庆

2020年1月6日晚,在重庆广电大厦演播厅,一场朴素而隆重的颁奖典礼正在举行。

这是2019年度"感动重庆十大人物"评选活动的颁奖典礼,十位"感动重庆人物"以及一位特别奖获得者名单公布。

这是对一年来发生在巴渝大地上凡人善举的一次盘点，是向善良、美好、牺牲、奉献、坚忍最深的致敬。

谢兰就在十位"感动重庆人物"之中。

"病痛可以折磨身体，却无法折损真心；民生疾苦，是你放不下的牵挂；民心所愿，是你奔波辗转的动力。安得广厦千万间，一枝一叶总关情——情为民所系。"当重庆卫视的主持人龙勇深情地念起颁奖词，台下来自邢家桥的居民们，都流泪了。

是的，他们为台上那个获此荣誉的人流泪，那个人，是他们的书记。是身患癌症，却心系着他们每一家、每一户的人，是为了他们的居住环境操碎了心的人。

所以今天，他们也要为谢兰颁奖！

三户邢家桥的居民送给谢兰一份特殊的新年礼物——各自家门的钥匙："这是我们家的钥匙，给你留一把，希望你经常到家里来坐一坐。"

这一份最别致的新年礼物，其实是一份最重的情！谢兰感动地说："谢谢你们对我的信任。"

这位50岁的社区书记，扎根社区17年，在1.3平方公里的土地上，脚步从未停歇，对4000余户家庭、10000多名居民情况了如指掌，支撑着她的，正是一点点取得、一点点增强的群众的信任！

在被查出肺癌后，她还带病坚持工作，千言万语，千磨万磨，一户一策，靠一个"情"字，赢得的，也正是群众的支持与信任！

这信任，意味着一个"民生工程"真正成为一个"民心工程"！

这信任，就是截至2019年底，从最初的23%提升到99.8%的居民支持率！

这信任，正是新时代城市工作基层治理的一把"金钥匙"！

而其实，除了信任，邢家桥的居民们对他们的社区书记还怀着一种特殊的感情，那就是：心疼。

因为这是一个做完肺癌手术不到九个月、做完胃息肉手术不到三个月的人。

然而，这个天性乐观、自信、气场强大、"心大"的人，却并不认为自己会输给病魔。

在走上颁奖台前，有一个不太了解情况的工作人员跟她闲聊，问她："谢书记，你得的是什么病呢？"

"肺癌。"谢兰说。

那个工作人员一下子愣住了。

也许，他从来没有见过一个癌症病人，可以用这样轻描淡写的口气，这样简短地吐出这两个字。

在故事分享环节，她更是带着她特有的强大气场说道："工作干不完，我不会死的。"

那是在颁奖典礼上，主持人龙勇问谢兰病情怎么样了。她乐观地回答："我现在感觉很好，工作干不完我决不离开！"

她就是这样一个人：乐观、坚强、闲不住。

因为她的这种性格，似乎病魔真的被她吓退了。

自做完手术后，她的情况基本稳定，只是哪天没休息好，伤口就会很疼。

"从来都不怕癌症，我觉得很奇怪，我这个人只要有事做，我都是精神满满的，我就没有感觉到病痛。白天可能工作时是满血的，晚上回去过后，还是感觉有点累。"谢兰说。

她确实很奇怪，不怕癌症。

搬新家，过新年

2020年1月16日，邢家桥社区锣鼓喧天，张灯结彩，院坝中整整齐齐摆放着60余张桌子，围坐着900多名喜气洋洋乔迁新家的居民。

写春联，包饺子，整个社区洋溢着浓浓的"年味儿"。

原来，社区正在举办"高高兴兴搬新家、欢欢喜喜过新年"新春群众活动，庆祝安置房综合整治工程取得阶段性成果。

在这之前三天的2020年1月13日，邢家桥社区居民罗女士如约来到社区办公室，签署了入户整治同意书。这是签署整治同意书的最后一户居民,这标志着邢家桥社区的入户整治工程同意率达到 100%。

邢家桥安置房整治工程终于接近尾声。

社区还为迁入新居的 488 户居民们准备了新春大礼包,里面有中国结、对联、福字贴等多种精美礼品,并由工作人员挨家挨户地送到了每户人家里。

这一天,重庆市委宣传部副部长、市文明办主任马岱良也来到邢家桥社区,看望慰问 2019 年度"感动重庆十大人物"谢兰,向她及社区工作人员致以新春的问候和祝福。

同一天来到邢家桥社区,慰问辖区党员及群众,为他们送去新春祝福的,还有两江新区管委会副主任、公安分局局长、政法委书记刘树模,两江新区党工委委员、管委会副主任皮涛,两江集团党委副书记蒋兴益。

两江集团党委副书记蒋兴益,就是原人和街道的党工委书记,也就是那个在中秋百家宴上被谢兰的事迹感动得落泪的人。从上午九点左右开始,已经调走的这位蒋兴益,就和人和街道现任党工委书记甘敬鸣一起,还有 30 多位居民,站在拼接成的长桌两侧,包饺子、包汤圆,忙得热火朝天。

居民志愿者何均华前一天就去超市采购了包饺子的材料。"70 斤韭菜、110 斤猪肉、30 斤鸡蛋,饺子皮太多,记不清了……"他说,"之前就跟超市说好,昨天下午才去取,这样食材才能保证新鲜。今天早晨又去把剩余的部分拿回来了。"

"有150斤饺子皮。"另一个居民志愿者补充说。

黄婆婆包饺子最厉害,只见她舀了些馅儿在饺子皮上,然后将饺子皮对折,用右手的拇指,把饺子边儿在左手虎口上用力一摁,就包出来一个饱满又好看的饺子。

这位能干的黄淑萍黄婆婆,是一名有14年党龄的老党员,也是一位志愿者。她非常明事理,起初因为自己家的房子是自己和外孙梦梦掏空全部积蓄装修过的,所以她舍不得打掉重新装修,后来在社区工作人员给她讲清相关政策后,她不仅自己支持综合整治,还一直帮着社区,做身边亲戚朋友的工作。

"我早上五点多就起来了,和大家一起准备包饺子。"老党员黄婆婆说。

而且这一天,还是黄婆婆79岁的生日。"我真的没想到能过上如今的幸福生活。大家一起热热闹闹地过新年,是我收到的最好的生日礼物。"

大家一起包饺子,其乐融融,而整齐摆放在长条桌上的3000多个饺子,则像"心桥",拉近了邻里间的关系,增强着居民间的沟通和了解。

"快看快看,开始表演节目了!"没有包饺子的居民们,大部分坐在一起热热闹闹地聊天。这时,一场精彩的迎春演出开始了:

"我爱你，我的重庆。

我爱你，我的人和……"

一首首动人心弦的歌曲，引发观众们的欢呼和掌声。

"杨奶奶，你也来看节目啊？"

"是啊，我年纪这么大了，行动也不方便，没想到谢兰书记还专门去邀请我参加这个活动。这么精彩的演出，真是让我开了眼界呀！"94岁的杨志仙奶奶和家人一起坐在前排观看，她一边随着音乐的旋律，开心地挥起了手中啪啪作响的"小巴掌"，一边伸出大拇指，对谢兰表示称赞。

纪录片《我们这一年》，则带大家回顾了社区开展旧房整治中的酸甜苦辣。

最让居民们惊艳的，是十位穿着旗袍亮相的"俏"邻居。她们一个个身材姣好、妆容精致、步伐自信，令台下的邻居们眼前一亮，拍起手来。

这是情景剧《家和万事兴》。

"代莉，今天漂亮哟，都认不出来了，今天你们母女俩一起登台哟，好幸福哦！"

"是嘞，我们母女俩都是旗袍爱好者，我们这些姐妹都是旗袍爱好者！"

表演完毕，被称作代莉的居民，旗袍外披着羽绒服，喜气洋洋地回答称赞她漂亮的邻居。确实，表演者中，有一位18岁的少女。她是代莉的女儿，今年刚上大一。这母女俩看起来就像一对姐妹花。

和她一起表演的三个姐妹也个个满面红光，在寒冷的冬日也显得能量十足。

那一份能量，是发自内心的对生活的满足感。

"平时这些老街坊，低头不见抬头见，还真没想到打扮过后这么漂亮，确实差点儿认不出来了！"刚刚夸奖代莉的居民邢至珍说道。

其实，代莉已经不住在邢家桥社区了。但她一直觉得自己还是邢家桥的人，遇到乔迁加新年这样的大喜日子，她觉得回来祝贺一下，"是必须的"！

而另外几个旗袍爱好者，则还沉浸在第一次上台的兴奋中，对这几个姐妹来说，今天穿着旗袍，这么漂亮地出现在几百个街坊面前，确实是过了把瘾。

这几个姐妹，与代莉一起开养生馆，一起接新房子，现在又一起排练，一起表演。平时忙工作，忙家务，就挤时间排练，为了这次"惊艳亮相"，她们已经准备了半个多月。

其实，这热爱生活的几姐妹，已经不年轻了，她们也是跟谢兰一起长大的，年纪差不多。

"我们一天嘻嘻哈哈的，不显老，谢兰性格也是很开朗，而且年轻的时候漂亮得很，但是社区工作确实太磨人了。"代莉感慨。

正在感慨中，台上传来了谢兰熟悉的声音。

"亲爱的居民朋友们，大家新年好，整治过程中让大家受苦了，以后我们邢家桥会越来越好！"

在迎春演出和纪录片之后，谢兰走到了台上。她深情地给她的居民们送去祝福，又回忆了整个整治期间经历的波折，回忆了邢家桥社区旧貌换新颜的过程。

她的回忆，让台下许多居民热泪盈眶。

不知不觉，到了"团圆宴"正式开席的时刻。社区579户、共计928位居民，以及参与整治工作的部分单位代表，共聚一堂，共享"团圆宴"。

夹沙肉是蒸的，寓意日子蒸蒸日上；汤圆是圆的，象征家庭团团圆圆；芋儿鸡上点缀着辣椒，预示未来红红火火……居民们围坐在一起，一边品尝着美味菜肴，一边相互祝酒，欢笑声、祝福声融合在一起，一道道美味传递着一份份情谊，现场洋溢着幸福、温暖的味道。

这顿重磅"团圆宴"，是一大早居民们就开始张罗的。院坝上切菜、备菜、蒸菜齐上阵，在孃孃们一双双巧手之下，圆润饱满的饺子也相继"出炉"。

包括中央电视台在内的数十家中央媒体及市级媒体也来到"团圆宴"现场跟踪报道，记录下居民们的幸福生活。

"团圆宴"前开心包着饺子的居民们

新春"团圆宴"上和居民一起开心地包着饺子的谢兰

第五章 实现"广厦安居"梦 | 213

"团圆宴"前播放的纪录片

观看纪录片时热泪盈眶的居民们

社区书记谢兰

第五章 实现"广厦安居"梦 | 215

熊从珍：装点新居迎接小外孙

1月16日参加"团圆宴"之前，7栋2-3号的居民李世超与妻子熊从珍，正在家中抓紧贴"福"字。老两口刚搬进了综合整治后的新家。还有一天，小女儿李红也将带着刚出生不久的外孙回家同住。

是的，这就是曾经怕"动土影响安胎"的老两口。

因为这个顾虑，面对整治，他们曾经是最纠结的一家。

"老人家，我们来给您送'福'了！"一进门，人和街道人大工委主任盛勇，就把准备好的新春礼包交到熊从珍老人手上。

"你们帮我整好了房子，还来看望我，谢谢你们！"老人接过礼包，邀盛勇坐下。

"盛主任，当时我们一家确实还是很纠结，因为别个都说：'怀起娃儿，房子动不得'！"确实，那时受"老话儿"的影响，熊从珍一家坚决不同意对房屋进行改造。熊从珍的大女儿和大女婿一家也理解老人家千方百计想要保证晚辈平平安安的心，不过大女婿雷琦琳是党员，他一边慢慢给老人做思想工作，一边想办法解决难题。

"要说我什么时候下定决心的,还是听了谢二妹那句话后,她说娃娃要在好的环境里成长,劝我早点把房子整好,带外孙。这之前,看看人家已经整治好的,再看看自己家,我本来就心动了,但一想到'怀起娃儿,房子动不得'这句老话,就下不了决心,听她这么一说,我再看看我家,那么破,到处漏水,一个小生命,一出生,就住在这样的环境中吗?"

"再说谢二妹都得了癌症,做了手术,还整天跑上跑下忙改造的事,我也觉得我不能再给她添乱了。"

"我家是去年6月开始整治的,当时女儿怀孕5个月,我们把她安顿到女婿的老家涪陵养胎,然后就在改造同意书上签了字。"熊从珍说。

"老太婆。我们两个不光是同意了整治哟,我们两个还成了志愿者哟!"她老伴李世超在旁边补充说。

"对头,老头子说对了的,因为我们两个吃住都在整治现场,所以我们帮八户不在社区居住的老街坊保管了钥匙,这样施工队入户施工就方便了。"

"今年年初,房子终于整治好了,我们一看,就像新房子一样,我跟老头子迫不及待地把房间打扫干净,再挂点儿装饰品,明天,女儿和外孙就要回家喽!"

说到这里,熊从珍老人喜不自胜。

"你看,不到一年时间,外孙有了,适合娃娃成长的环境也有了。"盛勇说着,与老人一起将刚送来的"福"字,贴在了窗户上。

"福",真的到了这个家。

一想到自己的小外孙——一个刚刚来到这个世界的小婴儿,将要来到自己这个当外婆的家里,熊从珍就乐得合不拢嘴。

"主任,我跟你提个请求要得不?"熊从珍握着盛勇的手,说道:"我们社区老人多,走不了很远,想在社区有个活动室,大家有个喝茶聊天的地方。"

"我们已经想到了,正在研究设计,争取今年就动工,将要建设一个五层的邢家桥社区服务中心,大约明年上半年,你们就可以拥有自己的活动中心了!而且邢家桥还将新增约800个停车位,新建社区公园4000平方米,给居民提供安全、便利、舒适、宜居的生活环境,让居民共享新区社会发展与经济建设成果。"盛勇说。

"那好啊,那到时候可以抱我小外孙去玩了!"

两个人正聊着,忽然闻到熊婆婆的厨房里飘来阵阵香气。

"哎哟,我的香肠腊肉蒸好了!马上要端去'团圆宴'的!我一大早就起来准备了,都是我自己做的,自己买肉灌的香肠,自己找地方熏的腊肉。"熊婆婆边切腊肉边说。

"好吃哦,熊婆婆!"熊婆婆自己做的香肠腊肉,一端到"团圆宴",果然赢得了大家的称赞。

"一吃腊味,过年的气氛就浓了,今年还是第一回吃!"

"明天小红就带外孙回来了哦,有没有给小红留点哦?"

"现在房子装好了,到处规规整整的,有地方放东西了,我今年香肠做得多,你们放心吃!"听到称赞,熊婆婆心情大好,招呼大家多吃点。

每一组图片都是一个终于实现的"安居梦"

"婆婆爷爷,快来看!我们家的照片在中间的桃心上!"在"团圆宴"旁边的展板旁,邢小峰(化名)小朋友一边欢呼雀跃,一边招呼着家人。

邢小峰所说的"桃心",正是其中一块展板上,用98张全家福拼成的心形图案。这些照片上,有的居民搬进了新家,一家人围坐在一起,摆了一大桌好菜,庆祝"乔迁"之喜;有的还没搬家,便举家来到社区统一的布景前,怀着对新生活的憧憬,记录下这幸福的时刻。

在改造接近完成时,社区贴心地为每一户居民拍摄了全家福,定格下大家的幸福时刻。

这一张张幸福的笑脸,一间间整洁明亮的新房,就是"邢家桥社区老旧小区改造图片展",它也是邢家桥居民们的集体记忆。

"邢家桥社区老旧小区改造图片展"由两江新区党工委管委会、《重庆日报》社主办,两江新区宣传部、人和街道党工委办事处承办,共展出 196 张图片,大部分由《重庆日报》记者从邢家桥整治初期就开始跟踪拍摄,前后历时一年,图片内容则反映了居民新旧房屋的变化,以及邢家桥社区党委书记谢兰与居民之间的点点滴滴。

阳光照进她被烧光的家

那个在展板前,对着一组图片,沉默良久,伫立良久的女人,她的家曾在 2019 年 10 月,被一场大火烧得面目全非。图片上,最显眼的是一具沙发残骸,只剩下被烧成木炭的框架和焦黑的弹簧,客厅墙壁被熏得漆黑,即便阳光能照进来,屋里也十分灰暗。

她正是图片中故事的主人公邢相蓉。2019 年 10 月 11 日因电线短路失火,本来因病致贫的家庭雪上加霜。

而谁又帮助了她?

火灾后的第一时间,时任人和街道党工委书记蒋兴益来到邢相蓉家里，倾听她的诉求，并对她说："房子烧了，就当把霉运烧光了，综合整治工程可以帮你修复，人没伤到就是万幸。"

一席话，扫光了邢相蓉的愁绪和焦虑。

正如蒋兴益所承诺的，到2020年1月中旬，邢相蓉受灾的房屋已修整得差不多了，墙壁重新刷白，屋里也变得敞亮起来了。

为解决邢相蓉家的实际困难，邢家桥社区党委、安置房整治挂职锻炼干部多方联系，各级党组织、爱心企业纷纷组织捐款捐物。金和社区第一太平戴维斯物业捐赠电视机一台，万科物业捐赠冰箱一台，家利物业捐赠空调一台，金祥社区凌达压缩机有限公司捐赠空调一台，万年路社区凌枫园林工程有限公司党支部捐赠了一些生活物资，万年路社区党总支、天湖美镇社区中国水利水电第十四工程局有限公司盘溪河流域水环境综合整治工程项目经理部进行了捐款。

火灾无情人有情！2020年4月16日下午，所有捐赠物资和款项送到受捐家庭。

"不只这些社区为我捐款捐家具，谢书记还经常给我送油盐肉菜，还把自己最喜欢的一件红衣服都送给我。这么多人都在帮我，我相信生活一定会越来越好！"

阳光重新照进了邢相蓉的生活。

七套焕然一新的房子

一张四世同堂的照片中，端坐正中，抱着布偶，满脸笑容的老婆婆，叫杨克惠，2020年，老人已经96岁了，是邢家桥社区年纪最大的老人。

杨婆婆的6个子女也都是社区居民。曾经，子女们的居住条件，令杨婆婆揪心。2020年初，经过综合整治工程，7套房子焕然一新，一大家子人都回来拍全家福。

杨婆婆成了最幸福的人。

一组整治后的新房楼栋外立面

第五章 实现"广厦安居"梦 | 223

志愿者黎国平的新家

志愿者黎国平家整治一新的厨房

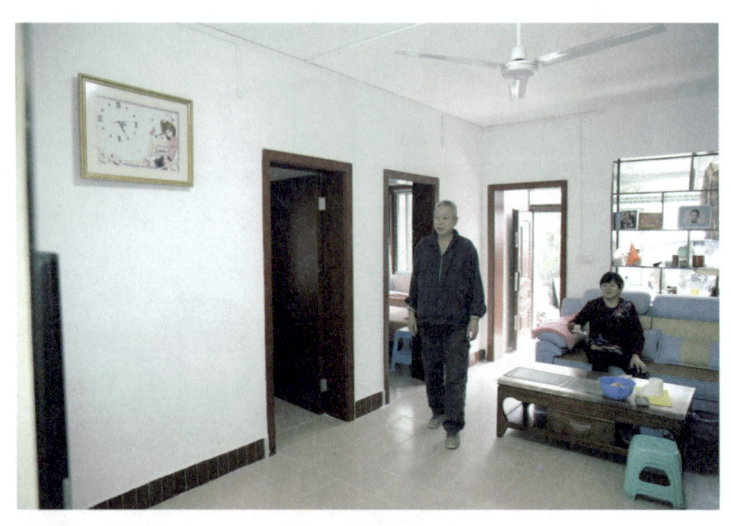

志愿者任树英和丈夫在自己的"新家"

第六章
又一场硬仗：战疫！

"书记你好！我作为一名共产党员，随时听从召唤，为打赢疫情防控阻击战做出应有的贡献！"

谢兰正要给孟吉伦回复，又收到一条微信。

"我是一名党员，在这个时候不能退缩，如果党组织需要，或有任何工作安排，我定当全力以赴！"这是党员栗道勇发来的微信。

"我来""我也来""我报名"……响应声此起彼伏。

"是我们自己的家园，不要钱我也要来！"

"书记，这个时候只要有需要，随叫随到！"

谢兰在封闭式管理的卡点值守

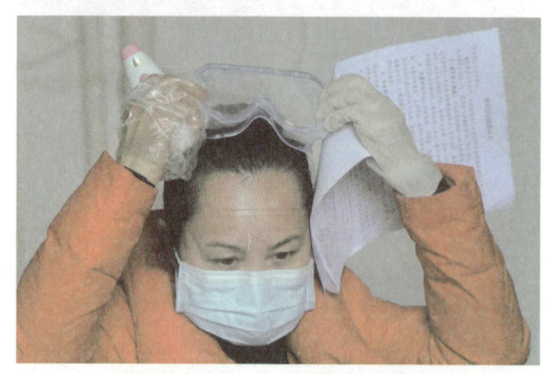

护目镜把谢兰的前额勒出了印子

谢兰在人和最大的农贸市场检查疫情防控情况

第六章 又一场硬仗：战疫！ | 227

谢兰和她的同事与消杀员何均华在一起

谢兰和同事入户登记居民信息，宣传防疫知识

复工复产前的检查

谢兰向社区居民宣传"新冠肺炎"防疫知识并解答居民问题

2020年3月8日,谢兰给女同胞们献上一束花

穿着防护服的谢兰

2020年2月7日,重庆市委常委、市委宣传部部长张鸣到邢家桥社区走访看望一线宣传记者和社区一线防疫工作人员

邢家桥社区谢兰、周诗林等张贴宣传抗疫贴图

入户检查的路上

紧急向社区工作人员部署

居民随时通过微信反映外地来渝人员情况

"新冠肺炎存在'人传人'现象!"

"李二娃,年货买全没得?"

"看我灌的这个香肠好不好吃?"

2020年1月下旬,临近农历鼠年,邢家桥社区的居民们都搬进了新居,家家户户张灯结彩、买鱼买肉,一片祥和热闹。

"谢二妹,你过年也该休息一下了,今年这一年太辛苦了。"路上遇到的居民对谢兰说。

"嗯,我一会儿去办公室,跟光静把过年的值班表排一下。她也该过问一下儿子的学习了。"谢兰笑吟吟地回复着居民。

确实,2019年这一年,社区的全体工作人员太辛苦了!全年无休,全力投入16栋27个单元的安置房综合整治工程。

这下,社区488户居民房屋综合整治全部完成了,居民们也陆续搬进了新居,一年到头难得休息的谢兰和社区主任许光静,也开始期待过年。

居委会办公室里,谢兰、许光静和同事们正在盘算,春节期间如何安排轮班值班,让大家稍微修整一下。

"新冠肺炎存在'人传人'现象!"

就在谢兰和许光静排着春节值班表的 1 月 20 日下午，在针对"新型冠状病毒感染的肺炎疫情"有关防控情况记者问答会上，钟南山院士这样证实。

这句话，不啻于一声惊雷，落在神州大地每一个喜气洋洋、期盼着过年的老百姓心中。

2020 年 1 月 21 日《人民日报》消息称：

近日，国内多地出现新型冠状病毒感染肺炎病例。据最新通报，武汉两天新增 136 例新型冠状病毒肺炎患者；北京、广东出现确诊病例；浙江发现 5 例武汉来浙并出现发热等呼吸道症状患者。

我翻了一下自己的朋友圈，这是我转发的第一条关于新冠疫情的消息，应该就是在那一天，有关"新冠肺炎"疫情的新闻，开始引起国人的强烈关注。忧心忡忡地关心疫情发展，成了每一个中国人生活中的头等大事。

那一天是腊月二十六。还有四天就是腊月三十。

紧接着的第二天，我市也出现了新冠病毒确诊病例。1 月 21 日，重庆市卫健委发布消息称：

"截至 1 月 21 日 18 时，我市累计报告新型冠状病毒感染的肺炎确诊病例 5 例，其中：巫山县 2 例、万州区 2 例、长寿区 1 例。

所有病例均有武汉工作史或居住史。"

病毒似乎离我们越来越近。空气骤然紧张。

从那时开始,每一天,国家都要通报各地新增确诊病例和疑似病例的情况。

1月22日,《人民日报》客户端报道:

国务院新闻办公室上午10时举行新闻发布会,国家卫生健康委员会副主任李斌介绍新型冠状病毒感染的肺炎防控工作有关情况。

截至1月21日24时,国家卫健委收到国内13省(区、市),累计报告新型冠状病毒感染的肺炎确诊病例440例,死亡9例,新增3例,全部为湖北病例。报告新增冠状病毒感染的肺炎确诊病例149例,收到日本通报确诊病例1例,泰国通报确诊病例3例,韩国通报确诊病例1例。目前追踪到的密切接触者2197人,已解除医学观察765人,尚有1394人正在接受医学观察。

一时间,全国上下都进入了警戒状态。重庆因为与湖北接壤,与武汉之间人员往来频繁,疫情扩散开来的可能性极大。

大年二十九，迅速部署！

1月23日，大年二十九，阴。

这一天，按照两江新区的工作要求，人和街道成立了新型冠状病毒肺炎防控工作领导小组，由于疫情来势凶猛，要求社区所有工作人员春节停止休假不外出，并立即通知未出门的社工到岗到位。社区加强宣传，不信谣、不传谣。

下午两点，人和街道召开了新型冠状病毒肺炎防控工作第二次会议。

人和街道的第二次会议一开完，谢兰迅速将网格党建的"一长四员四组织"，就地转战为"一长六组三队"的防控网格，将党组织端口前移，充分发挥居民自治力量，并在每个网格分设十个工作组，包括防疫领导、宣传排查、信息反馈、市场监管、健康监测、应急处置、复产复工、卡点突击、小二关爱、心理疏导等，全力保障社区万余居民的安全。

下午六点半，邢家桥社区召开两委紧急会议，传达街道会议精神，按照会议精神布置工作：

一、第二天早上（1月24日）组织召开居民代表、党员代表、志愿者会议，要求对辖区4253户开展拉网式排查，做到不漏一户，不漏一人，用两天时间完成所有排查。要求初一（1月25日）下午四点，各工作小组（十个网格十个工作组，一个社区工作人员负责一个网格）汇报所有排查数据。

二、宣传工作：在宣传资料不足的情况下，立即制作《告居民的一封信》，将疫情紧急情况告知所有居民，做到边排查边普及防疫知识。

三、排查重点：针对三类人员（武汉返渝人员，武汉返渝人员密切接触者，有发热、咳嗽、无力等症状人员）。排查时：大家要注意做好防护，戴好口罩。针对入户无人情况，将告知书贴居民门上，第二天再次入户排查。利用以前的基础信息台账，采用多种形式的排查方式做到底数清、情况明，并且及时在工作群里反馈排查情况。

四、所有人员不请假不休假。对已经请假人员立即电话通知，返岗到位。

大年三十，吹响集结号！

1月25日，大年初一，新年钟声刚刚敲响之时，朋友圈满屏担忧，我刷到谢兰一分钟前发的朋友圈。

第一张是她和社区主任许光静戴着口罩的合影，后面几张有邢家桥社区十个社区工作者的合影，有他们三三两两，在一月的寒风中排查各楼栋的照片,有他们在社区办公室整理资料的照片,也有大年三十寒冷而空空荡荡的街道……

虽然每一个大年三十的晚上,街上都是空空荡荡的,但这一次的空空荡荡,却让人感觉到某种不同,某种沉重。

社区工作者虽然戴着口罩和红袖章,口罩遮住了脸,也仍然感觉得到冬夜里,他们脸上的那一份肃穆,以及肃穆中透出的责任感。

"伙伴们辛苦啦!可以回家了,祝大家新年快乐。"不管怎样,过年还是要快乐的,所以谢兰依然在朋友圈里这样写道。

这是大年初一的凌晨,谢兰已带领120名志愿者挨家挨户排查了一整天。

因为在大年二十九的社区"两委"会议上,谢兰做了工作布置,那就是:第二天早上(1月24日,大年三十)组织召开居民代表、党员代表、志愿者会议,对辖区4253户开展拉网式排查,做到不漏一户,不漏一人,用两天时间完成所有排查工作。要求大年初一(1月25日)下午4点,各工作小组(十个网格十个工作组,一个社区工作人员负责一个网格)汇报所有排查数据。

可是,这对于邢家桥社区来说,谈何容易!

首先,从人口结构上看,疫情防控困难重重:社区一万多人,其中老年人占比40%,多为"农转非"居民。而社区常住人口和流动人口"五五开",居住着大量外来务工人员、生活困难群众。

其次，这个 1992 年建成的安置房社区，是一个开放式的混合式老旧社区。48 栋单体楼占了社区居民楼的 60%，最小的单体楼只有 3 户人家，没有任何物业管理。

其他楼宇的物业管理也几乎可以"忽略不计"，每平方米 3 毛钱左右的物业管理费，只能简单地保障清洁工作的开展。

老年人占比高、居民结构复杂、开放式社区环境、流动人口多、物业薄弱、协同力量少，这都是疫情来袭时，一个又一个的风险、隐患。

让人更为揪心的是，因为地处两江新区中心地带，邢家桥社区距离重庆规模最大的铁路客运站——重庆火车北站，仅 4.3 公里。

"两江新区交通枢纽多、园区企业多、总部楼宇多、居民小区多、流动人口多，点多、线长、面广，两江新区疫情防控工作挑战不小。"两江新区党工委副书记、管委会常务副主任、两江新区疫情防控工作领导小组组长、执行总指挥长王志杰直指新区面临的严峻形势。

可是整个邢家桥社区的工作人员总人数，只有 14 人。

14 除以 10000 的人口、除以 1.3 平方公里，春节临近，人员流动加大，疫情肆虐……这个算不清楚的数学账，让做完抗癌手术就回到工作岗位"拼命"的社区书记谢兰顿感压力："疫情期间的管理，很难！"

"老百姓支不支持？有没有足够多的人能够在社区值守抵抗疫情？"谢兰心里没底。

但号令如山，2020年1月24日，重庆已经启动了重大突发公共卫生事件一级响应，山城这场看不见硝烟的战役，在2020年的除夕夜，已然打响！

所以就在1月24日的一大早，谢兰在微信群里发出了志愿者"征集令"。会有人报名吗？谢兰焦急地等待着。

然而不到一分钟，微信群里就有回应了，是党员孟吉伦发来的微信。

"书记你好！我作为一名共产党员，随时听从召唤，为打赢疫情防控阻击战做出应有的贡献！"

谢兰正要给孟吉伦回复，又收到一条微信。

"我是一名党员，在这个时候不能退缩，如果党组织需要，或有任何工作安排，我定当全力以赴！"这是党员栗道勇发来的微信。

"我来""我也来""我报名"……响应声此起彼伏。

"是我们自己的家园，不要钱我也要来！"

"书记，这个时候只要有需要，随叫随到！"

谢兰收到一条条让她感动的微信。

这样的微信，在谢兰的手机里数不胜数。

大年三十，随着社区党员们纷纷"请战"，仅用了不到两小时，邢家桥社区就迅速凝聚起了一支120多人的志愿者队伍。

面对这支迅速集结的队伍，谢兰强调说："这次疫情，对我们是一次超乎寻常、关乎生命的考验。排查必须快速、全面、细致，才能抢在最前面，将传染风险尽早排除。"

"必须敲开门、见到人、说上话，不留死角！"

这就是大年三十，谢兰对每一位志愿者的要求。

正月十四：八小时组建"卡点突击队"

"亲爱的居民朋友们，新冠肺炎疫情防控已经进入关键期。根据上级指示，从明天起，将对所有小区实行封闭管理……社区人手短缺，现恳请居民朋友们加入防疫队伍，齐心协力保卫我们的社区！"

2020年2月7日上午，邢家桥社区党委书记谢兰，在社区的居民群里，发布了这样一条"招募令"。半小时前，她和同事接到通知：重庆市所有小区将从2月8日开始实行封闭管理。

这对邢家桥这个开放式、单体楼多的社区，又是一次新的考验：大大小小78个出口，没有物业管理。

社区紧急开会研究决定：以封闭主要路口和设立卡点的形式实行封闭管理，封闭社区64个出口，保留14个卡口出入。

14个卡口,就是14道防线。为保证24小时有人值守,1个卡口,3个班次,每个班次2人,意味着至少需要84人。

"我们也不愿意让居民冒着风险参与防疫,但邢家桥属于老旧社区,出入口多、单体楼多、开放式小区多,封闭管理面临严峻挑战。"谢兰说。

"卡点要在8日前设立完成,每个卡点都要有人值守,社区工作人员和网格员一共只有24人,即便加上志愿者,人手也远远不够。"谢兰心里寻思。

面临危险,还没有报酬,心里实在没底,只能试一试能不能招到人。

令谢兰始料不及的是,居民群里又很快有了回应。

"我是老邢家桥人,战疫情我必须要上!"

"社区给我整治了房子,有福同享,有难同当,防控疫情我绝不会梭边边!"

一天之内,总长400米,总重量达4吨的围栏,只花了4个小时,就全部搭建完成。

一支一百多人的卡点防疫"突击队"也组建完成:他们之中,年龄最小的汪航仅23岁,是西南石油大学一名大三的学生;年纪最大的李明富,是一名81岁的老党员;75岁的幸循华,一直坚守卡点;一直支持工作的79岁老党员黄淑萍因为身体不好报名被婉拒,"不服气",一定要让女儿出来加入防疫队伍;刘骁,

32岁，一个共产党员，主动报名参加值守，直到单位复工复产才离开……

与此同时，在社区摆夜市的商户得知设立卡点需要物资，纷纷把自己的帐篷、挡板和照明设备贡献出来，14个防疫卡点，火速搭建完成。

这时，距离社区接到封闭通知不到8个小时。

社区在楼栋、卡口等地安置了二十几个登记点，工作人员会对来往居民测体温，对外来人员进行登记。

"弟娃儿，你还是要把口罩戴起哟！"一个小伙子匆匆下楼，准备去附近买东西，卡口登记点的工作人员立即拦下了他，让他回去戴好口罩。

除了提醒居民戴好口罩，守卡口的志愿者还要随时观察外来人员。如果看到有人大包小包提着行李过来，一定要仔细询问，认真登记。

在守卡口的志愿者中，有个叫张昭芬的，在社区整治攻坚战时，就曾一个人保管着几十家人的房门钥匙。

其实在整治工程之初，她也是持反对态度的。不知从什么时候开始，谢兰和社区一班人感动了她，她从一个反对者，变成了整天跑上跑下的志愿者。

疫情防控战打响之后，她又主动要求做志愿者，毫不犹豫地加入到"卡点突击队"中。

从 2 月 8 日至 3 月 25 日卡点撤销，她在卡口执勤，当社区防御病毒的"守门员"，共坚守了 40 多天。

有一天，这位铁面无私的"守门员"在卡口执勤，正好自己丈夫要外出买菜，却忘带了出门条。

"没得条子不能出门！回去拿！"张昭芬"铁面无私"，仿佛不认识自己丈夫，她丈夫只好讪讪地回去拿出门条。

这位外婆辈的人，以前从来不熬夜，这次却因为在卡口值夜班，一熬就是两周。

"张婆婆，冷不冷哦？我屋头有个行军床，还有取暖器，我马上回去给你拿过来。"

不仅送床和取暖器，还有人送沙发，这些，都令张婆婆非常感动。

卡点还有很多像张昭芬这样的志愿者。

2020 年 3 月 25 日，邢家桥街道 14 个防控卡点陆续拆除，完成了它的历史使命。

农历二月初四："本姑娘"下厨！

2 月 26 日，农历二月初四，星期三，晴。

"今天是抗疫工作的第 36 天，大家很辛苦，为了犒劳大家，本姑娘按照昨天大家的要求，推出了拿手菜：家常鲫鱼、回锅肉。虽说一顿饭解决不了什么，但用一顿可口的饭菜，能鼓舞大家的士气。坚持下去，就会胜利！"

自称"本姑娘"的，是 50 岁的谢兰。

正是天寒地冻时，36 个昼夜的坚守，大伙儿已疲惫到极点。餐馆都没开门，抗疫的坚守者们每天用简单的饭菜对付，让谢兰十分心疼，想到自己有一手好厨艺，何不让大伙儿分享一下呢？

于是，就有了这温暖的一餐：它是人气，是谢兰身上洋溢着的温暖和光亮。

其实，对于邢家桥社区的每一个工作人员来说，谢兰这个"班长"，一直就像一团火一样，温暖着每一个人。

每一个人，不管是在家里和家人有了小摩擦，还是和自己孩子生气，都会到她那里去找安慰。

她性格乐观，开朗，特别爱笑，一个"露出八颗牙齿"的笑容，马上能驱散向她倾吐的人的忧虑。

就像她自称"本姑娘"，那是对青春的礼赞和回味，也是对岁月洒脱的调侃。

大家都喜欢这个一团火一般的"姑娘"，在她 51 岁生日那天，大家伙儿给她送上了最真挚的祝福。

社区书记 谢兰

谢兰在为社区同事做自己的拿手菜

大家争着品尝谢兰的手艺

第六章 又一场硬仗：战疫！ | 245

谢兰在给社区主任许光静夹菜

谢兰51岁生日时，社区的兄弟姐妹们给她送上了最真挚的祝福

"摸排侦察班"

"我们要反复走,挨家挨户走,走遍社区每一户每一家,排查到每一个人!"谢兰疫情期间的话,对于很多志愿者来说,言犹在耳。

从2020年除夕到3月31日,67个日夜,谢兰带领邢家桥社区全体党员干部和志愿者,完成了对4253户、11614人的五次地毯式、滚动式排查,她和全体居民在这场全民参与的疫情防控阻击战中,守护住了他们共同的家园。

截至2020年3月31日,邢家桥社区从湖北或国外返渝的53户107人中,已有105人解除居家隔离或医学观察;其他省市返渝人员1079人,已有1074人解除居家隔离。

截至2020年4月底,所有人都已解除居家隔离或医学观察,社区防控疫情行动有效,为零感染。

那么,从除夕到3月31日的67个日日夜夜里,邢家桥社区又是怎么完成对4253户、11614人的五次排查的呢?

"今明两天,也就是大年三十和初一,必须全部排查到位!"情势逼人,本应开开心心准备年夜饭的大年三十上午,谢兰给

120名社区工作者、党员、志愿者，这样部署道。

老旧小区的摸排工作非常困难。

"我们社区一共有4253户，每家每户都要摸排到位。"网格员涂渝介绍，"摸排中遇到最多的问题是家里没人，有的是外来租户，已经返乡；有的是担心我们工作人员感染了病毒故意不开门，不作声，假装不在。"

家里没人的，工作人员都在其门上张贴了《致社区居民的一封信》。

第一轮摸排工作时间紧、任务重，为了提高效率，邢家桥社区基于此前摸排的情况，通过"问卷星"平台自制了网络问卷。

社区被划分为十个网格，每个网格都有一个微信群，通过网格员，在社区多个居民微信群发放网络问卷，让没有摸排到的居民填写。

此外，每个网格的网格员还会在群里及时发布疫情信息以及各类健康知识。

第二天，社区就回收了316份有效问卷，了解到了离渝居民计划返回的时间，让工作人员可以提前准备应对措施，担心工作人员携带病毒不开门的居民们，也通过网络问卷反馈了信息。

在线问卷收到了非常好的效果。

之后，这一份网络问卷不断完善，居民家庭基本信息、春节假期情况、外出情况等内容一应俱全。

"我们理解居民对防疫工作的重视,如果线下不方便见面,就让线上数据来说话。"邢家桥社区主任许光静说。

此外,邢家桥社区还借助两江新区开发的数据平台,将每天的防疫工作数据及时上传、汇总,更加方便数据整理、调阅等。

"但线上活跃的大都是年轻人,老年人很多没有微信。"对在线问卷未能反馈的辖区居民、家庭、商户,社区则采取打电话、多次上门走访的方式,直至取得联系。

社区干部、网格员、志愿者120多人,几乎每天上门两次,上午一次、下午一次。

大年三十当天,邢家桥社区十几名工作人员、一百二十多名党员志愿者,就完成了4253户居民和670个门面的第一轮全面排查。

因为干部们工作有人情味,社区居民也很配合。截至2020年2月9日,邢家桥社区的防疫摸排工作有序开展,已有9户25人结束了居家隔离。

从大年三十到3月31日,67个日夜,谢兰和同事们连续奋战,早上六七点钟到社区,有时候熬更守夜,制作宣传表格到凌晨两点,平均每天工作超过12小时,每天步行超过2万步。一栋栋,一层层,一户户排查,上万次敲门。

这五轮排查,采用了入户排查、线上填表、电话询问、线索提供等多种方式,让谢兰心里有了一本"防疫台账"。辖区每家每户的情况，有无疫情高风险区人员返回，居民的出行轨迹，等等，都在她脑海里有了清晰的数据。上至老年人，下至几岁小孩儿，她都认识，芝麻大的小事，也不会忘。

"谢二妹有个超强大脑。"社区居民都这样说。

"小二关爱群"

低保户、残疾人、独居老人……邢家桥社区有很多弱势群体，他们的一日三餐能否得到保障？会饿着，冻着吗？在家能否一切平安？这是谢兰最操心的事情。

买菜、订餐、跑腿……社区成立了20多人的党员志愿者队伍，每天把服务送到家。居民们有任何需求，他们都会一一满足。

居民王德容家里只有她和外孙两人，因为害怕感染病毒，天天在家吃咸菜下饭。得知情况后，工作人员马上为他们送来了新鲜的肉和蔬菜，还叮嘱道："王婆婆，身体重要，你不要只给外孙吃，自己舍不得吃哦。"

"这个疫情也不晓得还要多久才过去，我吃完了怎么办呀？"

"吃完了你就给我们打电话，我们又帮你买！"

社区有个朱婆婆，91岁了，和儿子居住在一起，儿子的智力有点问题，是个低保户，谢兰很不放心这娘儿俩，天天去看他们，他们需要什么生活用品，就给他们带去。

为了方便给居民跑腿，工作人员建立了专门的"小二关爱群"，已累计开展服务544次，服务居民724人次，每天为社区居民提供新鲜蔬菜和肉类。

谢兰说，数字的台账记录防疫信息，社区干部心里的"台账"，则记录着每位居民关心的事。

"婆婆陪聊队"

如果说跑腿买菜，是从日常生活上解除居民的后顾之忧，那陪聊队，则是为居民提供精神上的宽慰。

"谢书记，我们'关'了一个月了，什么时候才能出去啊，我太闷了，熬不住了。"见不到平日里聊天的街坊邻居，独居的陈婆婆感到孤独。

"我今天感觉喉咙痛，会不会感染了？感染了怎么办啊？"居民李扬曾在2020年1月去过湖北，虽然居家隔离期已过，她还是时常担心自己患病。

焦虑、恐惧、寂寞，疫情期间，不少社区居民产生了种种负面情绪。为了舒缓居民的心理压力，邢家桥社区成立了两个陪聊队。

"微信陪聊队有 10 多人，主要是年轻人在线上陪聊；'婆婆陪聊队'有 30 人，由年龄比较大的人到老人家里或通过电话陪聊。"谢兰和整治期间的"钉锤书记"邓美清，就是"婆婆陪聊队"的成员。两个人虽然都不是专业的心理医生，但是当她们让居民们把心里的焦虑说出来，给予居民们支持和陪伴时，居民们的负面情绪就得到了疏解。

91 岁的朱婆婆，是前面提到的"小二关爱群"的服务对象，同时也是"婆婆陪聊队"的服务对象。

说白了，她是疫情期间谢兰最担心的人，谢兰每天要去看她，给她带去生活必需品，她也是谢兰的头号陪聊对象。

因为朱婆婆真的很寂寞。

好多话，比如年轻时候的事，朱婆婆都是翻来覆去地说，而谢兰从不会打断她，只是静静地倾听着。

因为她知道，倾吐，对老年人的心理健康来说，至关重要。

但她倾听时，会注意戴着口罩，和朱婆婆保持安全距离。

寂寞的老人，不止朱婆婆一个。

张婆婆本来准备到女儿那儿去过年，哪知道遇上疫情，她去不了，女儿也回不来，后来自我隔离，连楼也不能下了。

一个本以为会热热闹闹的年过成这样，张婆婆一度非常沮丧。

好在每天有周嬢电话陪聊。

周孃叫周道蓉，今年74岁，热情大方，和张婆婆住同一栋楼，也是"婆婆陪聊队"中的一员。

一了解到张婆婆春节独自一人在家，周孃就给张婆婆留下了她的电话号码，当起了同处一栋楼的"电话陪聊"，还叮嘱张婆婆有啥需求，第一时间打电话给她。

像朱婆婆、张婆婆一样的老人很多，吴二妹的爸爸也是一个。

"吴二妹，我刚去过你爸爸家，他说一切都好，让你安心在家。"

2月7日，谢兰带着工作人员进行入户摸排。摸排完成后，她不急着走，而是站在门外跟吴二妹聊了几句。

吴二妹本名吴燕，就是那个曾经不支持综合整治，后来社区为她解决了儿子在卫生间洗澡头会碰到天花板的问题，让她对社区的工作非常满意，对社区综合整治由不支持到非常支持的吴燕。

她与老父亲同住邢家桥社区，平时经常去探望。疫情期间，非常时期，不能随时去看望爸爸，她心里很担心。

为了让吴燕少出门，降低被感染风险，社区干部们走访时，就会专门把老人的情况告诉吴燕，让她安心。

总之，疫情期间，独居老人的心理健康非常重要。这个时候，可能就是需要找人聊聊天，陪他们摆摆龙门阵，拉拉家常，有个人来说说话，他们心里就踏实多了。

社区网格员李丽娟是一名"90后"，她也发现，和居民拉几句家常，解决一些实实在在的事，能迅速得到居民的信任。

李丽娟此前负责的网格中，有一户居民对摸排工作的态度很消极。不久，她学着谢兰的样子，和居民拉了几句家常，才找到了这户人的心结所在。

"原来，他家对面的邻居经常不在家，却时常把生活垃圾丢在门口不管。他觉得这样不卫生，也不安全，心里有气。"

知道这个情况后，李丽娟马上敲响了那位邻居的门，但无人应答。于是，她主动把放在门口的生活垃圾提下楼处理。这户居民因此很受感动，态度大为转变。

"如今我再去摸排时，他们很热情，还会主动帮忙向周围的住户宣传防疫知识。"李丽娟说。后来，她想办法联系上了那位邻居，从中化解了两家人之间的矛盾。

"邢家桥社区有4500多户居民、670个门面、1个农贸市场、4个集贸市场，每个数字后面都是具体的人。做好人的工作，才能做好防疫工作。"谢兰说。

针对社区里外地回来被隔离的家庭，社区则采取了"七包一"措施，即一名街道领导、一名街道干部、两名社区工作人员、一名网格员、一名社区民警加一名社区医生，一同对这几户人家跟进服务。除了送菜上门等生活保障之外，七位负责人还时常打电话去关心他们的心理状态，摆摆龙门阵，让他们放宽心。

一日不息的"消杀队"

两个陪聊队共有 40 余人,而消杀队则是一支只有两个人的队伍。

何均华今年 63 岁,在社区做志愿者已长达 10 年。从 1 月 24 日起,他和居民黎国平组成消杀队,负责社区农贸市场和 16 栋单体楼的消杀工作。

曾经因为房子太破旧,黎国平两口子整天气不打一处来,一天一小吵,三天一大吵,婚姻亮起了红灯。

在她各方面都处于人生最低谷的时候,是谢兰给了她鼓励,帮助她找了一份在临时市场当志愿者的工作,让她能够养活自己,重拾了对生活的信心。

更重要的是,在谢兰的影响下,她有了一份自立的勇气。

因为那段时间,谢兰对她说的最多的一句话就是:女人自立非常重要。

一直风风火火、闲不住的谢兰,就是一个自立的女性。即使当了外婆,她还是觉得工作是她的寄托和生活重心。

受谢兰的影响,黎国平也一直坚持干一份力所能及的工作。

后来,临时市场取消,变为夜市,黎国平一直在那里工作至今。

努力的人总是会得到生活的回馈。其间，黎国平的房子也整治一新，曾经因为房子吵散了的夫妻又破镜重圆，和和美美地重新生活在一个屋檐下。

她珍惜现在的工作，珍惜失而复得的一切，更感谢在她困难的时候拉了她一把的谢兰！

整治期间，黎国平看谢兰是个刚刚做完手术的癌症病人，平时还那么忙，要说那么多话，说得口干舌燥，觉得让谢兰多喝点清热的东西总没错。于是她从江津的大山里，偏远的老林子里，辛苦采回中药，拿回来熬好，给谢兰喝熬的头道药，她自己喝二道三道。

在黎国平的带动下，邢家桥社区有了一支 10 多人的送药队伍，不少居民四处为谢兰找草药，远的跑到江津、南川等地，熬好之后端到她手里，常常有居民拿着塑料瓶递给谢兰中药喝，谢兰刚喝完一会儿，居民一阵小跑回家又捎来一瓶。

直到 2019 年 10 月 9 日，谢兰住院做了胃息肉手术后，居民才中断送药。因为谢兰术后吃的药和居民送的药相冲突。

"这个哪里是药，这是情。"谢兰曾这样感叹。

现在，装满 16 升消毒液的喷液罐近 40 斤重，何均华和黎国平每天都要背着喷液罐，负重行走近两万步。

喷洒完 12 罐消毒液，黎国平却一点都不觉得累，她的身上似乎有使不完的劲儿，因为她对社区，对谢兰，充满了感恩，她总想用每一个机会,来为社区做点儿什么。

2月15日晚,何均华的妻子突然生病住院,他请假去医院照顾妻子,黎国平便带了一个邻居来"顶班",毫不耽搁、保质保量地完成了每天的消杀工作。

看到这些,她的搭档——已经63岁的志愿者何均华深深地感动着。

"黎国平是女娃儿,去小区的时候就是我去爬楼,她负责其他公共区域。"2月26日上午,何均华的爱人出院。他照顾妻子吃完饭后,便又背起喷液罐投入到消杀工作中。而且主动揽下了爬楼消杀的工作。

农贸市场有778个摊位,每天进出一万多人次,他们每天要喷洒两次消毒液,单体楼每天要喷洒一次。

手把手教老年人戴口罩

邢家桥社区约40%的居住人口为老年人。此外,这里还居住了大量外来务工人员、生活困难群众。

疫情开始时,邢家桥社区面临的形势比较严峻,主要是群众不理解,他们觉得好大点儿事,说得恁个严重,不少人完全不清楚当前疫情的严峻形势。

而对于独居老人来说，最大的困难则是，子女不在身边，不会上网，不知道怎么佩戴口罩，更不知道在哪儿能买。

"我们挨家挨户地给这些老人做工作，发放《给居民的一封信》等资料，劝说他们尽量不要出门，还要给他们免费发放口罩，手把手教他们如何戴，等等。"谢兰说。

"不要出门，出门一定要戴口罩……"高音喇叭、宣传横幅、宣传单，连续多天，各种各样的宣传媒介向居民们传递着防疫知识，谢兰最关心也最担心的，是辖区的老年人。

"我没病，不戴口罩没得事……"在劝说居民戴口罩的时候，有些老年人并不理解社区工作人员。

已经70岁的李爷爷，就是个犟脾气，他始终坚信自己没病，不会传染给别人，也不会得病，所以出门不用戴口罩。

有些心疼谢兰的居民常常劝阻谢兰："那个李老头，固执得很，你不要在他身上耗费精力。你自己做完手术都没好好休息一天，综合整治才告一段落，你硬是不要命了。"

"他犟，说明我们社区干部对他思想工作还没彻底做通。"谢兰也"犟"，一根筋，多次上门给李爷爷做工作，一说就是几十分钟，嗓子都说干了。

"少一分感染风险，社区就多一份平安。"谢兰带着社区干部们，戴着口罩，一次次地上门，制订一对一监管方案，先通过对李爷爷家人进行防控知识宣传，再通过家人传、帮、带，逐渐改变了其观念。如今，家人出门扔垃圾，李爷爷还不忘叮嘱一声："把口罩戴起哦。"

千方百计化解居民疑虑

时间一长，不少居民也开始有了厌烦的情绪。谢兰说，有时工作人员去敲门，居民不愿意开门了，隔着门抱怨"晓得了，晓得了！不得出门，不得出门！"还有的居民觉得他们是"移动的病原体"。

为了让居民放心，谢兰想到一个方法，她要求工作人员将自己每天的工作流程拍下来。早上起来，给自己消毒、戴口罩，拍下来；去社区工作，入户摸排，拍下来；在登记点测体温，也要拍下来。

"把这些照片发在微信群里，让老百姓看到我们在做事。"谢兰说。这个方法很奏效，一张张照片发到群里后，支持的声音多了起来，还有不少人私下给她发微信，让她注意身体。

"你们为什么要泄露我家隐私？为什么？！"刚刚打消了大部分居民的疑虑，又有一个罗女士跑到社区办公室来闹，说是社区泄露了她的家庭情况。

原来罗女士的儿子在武汉上大学，节前从武汉回来了，孩子的奶奶在观音桥，观音桥的派出所根据火车站提供的大数据了解到了这一情况，然后观音桥街道打电话来向罗女士了解情况。罗女士认为是邢家桥社区泄露了她儿子的情况，就来社区办公室闹。

"我们确实没有给任何人说过你儿子从武汉回来，人家是通过大数据了解到的，况且，了解这个，也是为了更好地防疫战疫，不会把你的个人资料用于任何其他方面。"

经过一番劝解分析，怒气冲冲前来兴师问罪的罗女士心情平静地离开了社区办公室。

复工复产的"安全先行军"

随着疫情防控趋于稳定，复工复产有序开展。

一些个体户提交了复工申请，社区工作人员姚欢负责审核，她对每一份申请都严格把关，要求复工的个体户要准备体温枪、消毒液，尤其是口罩要备齐所有员工 15 天的用量，才能达到复工的最低标准。

除了防疫物资的配备，社区商户能否顺利复工，还要经过派出所的联网审核，即查看每一个从外地返回员工的健康信息和活动轨迹。

"合祥汽修一共 10 个员工，我给他们录入了信息，然后静待派出所的审核结果。结果接到派出所电话，有个员工跟一名确诊患者坐过同一班高铁，所以暂时不能复工。"姚欢说。

所幸，这名员工在乘高铁返乡后已自行隔离了 14 天，确认没有感染后才返回社区。"经过这件事，之后的信息录入，我就更细心，问得更详细了。"

除了该严时严，社区干部也会在详细了解居民基本情况的基础上，具体问题具体分析，给需要外出务工的居民一些方便。

姚欢说，封闭管理期间，居民要凭工作证明办理出入证进出社区。这令一些暂时没有工作，需要外出务工的居民犯了愁。

"社区了解到你的确有就业意愿，要出去找工作，只要通过体检，就可以给你开健康证明！"陈玲告诉社区居民王洪勇（化名），他可以外出找工作了。

2020 年 2 月中旬，邢家桥社区干部姚欢、陈玲等人组成的安全"先行军"，每天对复工的商铺和农贸市场摊位进行三次巡查，并为务工人员开具证明、为商户员工录入信息，忙得不可开交。

截至 2020 年 3 月 31 日，邢家桥社区 670 个个体工商户，已有 617 个复工复产，农贸市场 778 个摊位已全部恢复营业。

党员和群众的力量

这次战疫中,不管是大年三十吹响集结号,迅速聚集了一支 120 人的队伍,还是 2 月 7 日,不到半小时组建了一支"卡点突击队",无一不体现着党员的先锋模范作用。

同时,战疫的成功,更离不开群众的支持。

社区充分依靠群众、发动群众,社区群众志愿者超过 200 人,加上社区党员和网格员,形成了一个联防联控、群防群治的社区网络。

有一户居民发现对面窗户十几天没亮灯,有一天晚上突然开灯了,他立即向社区反映情况。经工作人员了解后,该户是从湖北回来的租户。在工作人员的耐心劝导下,该租户开始了居家隔离。

邢家桥社区居住着一名武汉籍打工人员,但工作人员多次拜访都没找到人,通过业主也联系不上。

这一天,该武汉籍打工人员返回了邢家桥社区,周围居住的居民立马打来电话向谢兰反映。谢兰带着社区工作人员去了这户人家,果然找到了他。

谢兰介绍,邢家桥社区共计排查出湖北返渝人员 14 名,其中 11 名首先由群众反映，进而取得联系。

"联防联控、群防群治，依靠群众、发动群众很重要。我们出动的工作人员并不算多，但群众非常支持我们的工作，主动和我们联系，反映湖北返渝人员的动向。有了群众的支持，我们的工作方便很多。现在整个社区有任何情况我们都清清楚楚。"谢兰高兴地说道。

"群防群治，关键是群众的积极参与，有了大家的自我服务、自我管理、自我教育，社区防控才能真正落实落地，不然，社区一万多人，我们看都看不过来。"许光静补充道。

"之前老旧小区整治中，社区给群众带来了实惠，尤其是谢书记人气很高，社区党组织平时积累的'威信'发挥了大作用。社区采取的一些疫情防护措施，居民都很快接受，相互叮嘱要佩戴口罩、尽量少出门。"

徐厚江是人和街道派出所的一名协勤，也是邢家桥社区的居民，说起邢家桥的疫情防控战，他这么说。

就其本人而言，大年初二之前，徐厚江按照派出所的统一安排，一直战斗在疫情防护的第一线。他本应从初三开始休假，但作为一名老党员，他深知自己肩上的责任，外加自己是社区的老居民，各种情况都熟悉，因此，为了更严、更实、更细、更快地做好疫情防护工作，他主动放弃休假，帮助社区开展一些宣传工作。

邢家桥有很多像徐厚江那样的党员，也有更多支持社区工作的群众。

现在，回忆起邢家桥的疫情防控战，说起那支不到半小时组建成功的"卡点突击队"，说起从2020年除夕到2020年3月31日，邢家桥社区完成的对4253户、11614人的五次排查，说起全体党员干部和200多名志愿者用脚步丈量的1.3平方公里土地，说起社区干部、党员、志愿者、群众共同守护邢家桥社区11164人健康的67个日夜，谢兰感慨万分："疫情让我们再一次深刻地认识到，只有赢得了民心，才能在关键时刻凝聚巨大的力量。"

正是全民参与，让谢兰和邢家桥的全体居民，在这场疫情防控阻击战中，守护住了他们共同的家园。

外婆，我什么时候能回家啊？

疫情防控中，谢兰带头坚守一线，上上下下挨家敲门核实，每天步行2万多步。正是她这种服务意识和不断争取群众的思路，使得社区14个人能联动两百多人，在冬日寒冷的卡点上，不分昼夜地轮班，守护社区的"家门"。

她俨然一位疫情防控女超人。

然而，这位风风火火的女超人，却是一位癌症病人。

同时，她还是一位四岁小男孩儿的外婆。

因为天性乐观、坚强、好动，谢兰的身体健康状况目前已处于稳定状态，但她的家人，却和每一个需要亲情的人一样，希望她每天能有哪怕一小时，和他们聊聊天，一起吃顿饭，抱抱小外孙。

可是这对于疫情期间的谢兰来说，则实实在在是一种奢求。

说起邢家桥社区的情况，谢兰和许光静一清二楚。可对于家里的情况，她俩却心里没数。

谢兰夫妻俩和女儿都是社区工作者，三个人起早贪黑，奔忙在一线，在家也只能"打照面"。疫情暴发以来，谢兰四岁的小外孙不得不在亲戚家"日托"。

"外婆，我什么时候才能回家啊？"一天，四岁的小外孙在电话里奶声奶气地问谢兰，让正要出门去排查的谢兰心里突然对小外孙有了一丝内疚。

但她马上想起自己的同事们。许光静的儿子读高中，可寒假期间她忙得没有一天管过儿子的学习。

然后，再一想到老书记邓美清，她又觉得自己和许光静远不是最难的。

同样参与防疫工作的社区老书记邓美清的儿子，因工伤卧床不起，儿媳只能独自照顾刚出生的孩子。社区还有三位干部，本打算利用春节假期回老家省亲，在接到防疫工作通知后，毫不犹豫退票返岗……在社区工作的所有党员，都放弃了休假和家人团聚的机会，全身心投入工作。

"等疫情过了，再好好陪小孙孙也不迟。"

"是啊，等这段时间忙过了，我再好好过问一下儿子的学习。"

"而现在，比起家人，更需要我们的是社区。"谢兰和许光静两个人得出这个一致的结论后，决定再去摸排一栋楼。

街道书记甘敬鸣：织细织密最薄弱点！

夜晚的山城光影交错、炫彩夺目。2020年3月24日起，"火线上的生命救护者"光影故事，在全市50个地标建筑、累计3322个巨屏LED刊播点，同时点亮。

闪烁着两江新区抗疫典型谢兰等10名抗疫英雄的光影故事，用榜样凝聚起抗疫的强大力量。

两江新区的爱琴海购物中心、星光天地、精信中心、华宇摩天、渝兴万年汇等10余处商圈要道、地标建筑的大型LED屏上，都第一时间滚动播放着"战疫英雄人民力量"的视频。

这已是三月下旬，初春时节，我市疫情防控形势正持续向好，所有区县均为低风险区。两江新区人和街道新冠肺炎的确诊数、疑似数也已经全部清零。

3月29日,国家卫生健康委新闻发言人、宣传司副司长米锋表示,中国现有确诊病例于3月28日降至3000例以下,本土疫情传播已基本阻断。

截至此时,人和街道这个距离重庆规模最大的铁路客运站重庆北站仅四公里左右的街道,似乎已经可以让人松一口气了。

然而,2020年新上任的人和街道党工委书记甘敬鸣,却丝毫不敢"松一口气"。在他脑子里反反复复转来转去的,就是"单体楼占比60%""27家规上企业""共18万人口"等大数据。

"邢家桥是著名的三无社区,无物业、无保安、无保洁。我们街道还不止邢家桥如此,万年路、万寿路等也是一样。另外,辖区内棕桐泉社区为重庆外籍居民最多小区,有着来自27个国家近1000名外籍居民,管理难度也特别大。"

说起人和街道这个有着18万人口的街道,说起邢家桥、万年路等老旧"三无"社区,说起里面众多的单体楼、租客聚集的现状、高占比的流动人口,街道党工委书记甘敬鸣,感觉肩上仍担着沉甸甸的担子,令他和街道一班人丝毫也不敢松懈。

"外防输入,我们的警惕性、工作要求,一点儿都不能降低。"他说。

他深知三月份的形势向好,是一月下旬、二月份的随时"在一线,在岗,在状态"换来的,更知道,要保持这个来之不易的局面，必须继续绷紧"常态化防控"的弦。

他曾在凌晨两点，在人和街道办公大楼，召开紧急动员会。

那是 2020 年 2 月 13 日的凌晨两点，也就是邢家桥对社区进行了严格封闭之后的第五天。

那次紧急动员会，在党工委的大力支持下，甘敬鸣书记和街道班子迅速组建了一支"特别行动队"，驰援受疫情影响导致工作力量极其薄弱的万寿山社区、人兴路社区。

"冉映红同志，明日一早即刻前往万寿山社区支援疫情防控工作！"

"好的！"

当天，凌晨两点的会议一结束，人和街道党政办主任冉映红就接到了甘敬鸣的电话。

2 月 13 日清晨 8 时许，也就是六个小时之后，冉映红就坐在了万寿山社区的办公室，在浓烈的消毒水味道中，打开桌上的文件和台账，开始了一项既熟悉又陌生的工作。

人和街道的这位党政办冉主任，是在 2004 年"公招"进入人和街道的。十年前的 2010 年，她曾在万寿山社区担任党支部书记，十年后的 2020 年，她与抽调自街道、社区的 17 名工作人员，组成一支"特别行动队"，再次回到万寿山社区，支援社区疫情防控工作。

作为一个"老万寿山人"，冉主任对万寿山社区的数据了如指掌：约2506户常住居民，人数多、人员杂、人手少，排查压力相当大。为了在规定的时间里保质保量完成第三轮排查，这支"特别行动队"不仅充分发动社区党员、志愿者协助排查，更将自己的亲属动员上阵，充实排查力量。

"曾建全书记的女儿，还有好多工作人员的丈夫、弟弟，全部都参与进来帮忙打电话，简直是'全家总动员'！"冉映红回忆，自己从早上睁眼到晚上合眼睡觉，差不多要打上百通电话，再加上接待群众，"喉咙都说干了"。

而每天晚上10点半，冉映红还需要对当天所有工作人员的排查数据进行梳理汇总、查漏补缺，回到家中常常已是凌晨。"再苦再累都要坚持，我们现在主要要底子清、数据明，把'2+5'管控措施落地，做到定点、定位、定状态。"冉映红说。

……多少战疫往事，回想起来，既感慨当初的辛苦，又充满辛苦之后的成就感！

现在，截至2021年元月，重庆市各区县仍保持低风险状态，但全国其他地区散发的一些本土案例，不断地提醒着两江新区党工委管委会领导、新区相关部门领导、各街道领导保持疫情防控常态化的重要性。除了坚持不懈地保持常态化防疫，两江新区还在2020年12月底进行了冬春季疫情防控实战应急综合演练。

第七章
社区那些事儿

"算了算了，我送你一个茶杯吧。"谢兰拿出一个茶杯送给他。

"他其实就是想我送他一个茶杯，我给他茶杯，他拿着茶杯就乖乖地走了。"谢兰笑着复述那一幕。

"他也好，谢叔叔也好，其实我觉得他们都很孤独。"

夜色中，谢兰的这句话让我有一种莫名的感动。

为在这孤独的人世，心与心的靠近，一个人对另一个人的信任。

"人和好人"谢叔叔非常信任谢兰,每天发微信问候她。图为谢兰去看望他和他常年重病的妻子

谢兰和街道甘敬鸣书记一起去看望居民

居民们和谢兰、老书记邓美清在一起无比开心

第七章 社区那些事儿 | 271

新春来临前,谢兰和社区主任许光静一起入户给居民送"福"

2020年端午节,谢兰在为居民们包"爱心粽子"

2020年3月29日，中国国家卫生健康委员会新闻发言人、宣传司副司长米锋表示，中国现有确诊病例于3月28日降至3000例以下，本土疫情传播已基本阻断。这意味着，面对史无前例的新冠肺炎疫情，以习近平同志为核心的党中央审时度势、运筹帷幄、沉着应对，领导和指挥全党全军全国各族人民坚定信心、同舟共济、科学防治、精准施策，打响了疫情防控的人民战争、总体战、阻击战，在保持政治稳定和社会安宁的同时，仅用两个月就基本阻断了新冠肺炎疫情的本土传播，经济社会秩序加快恢复。世界卫生组织总干事谭德塞表示，中国展现的领导力和政治意愿值得其他国家学习。

2020年5月13日下午，国务院联防联控机制召开新闻发布会，介绍新冠肺炎疫情常态化防控工作情况。会议指出，当前，湖北保卫战、武汉保卫战取得决定性成果，全国疫情防控阻击战也取得了重大战略成果，我们国家的疫情防控工作已经从应急状态进入常态化防控状态。

当然，这次新闻发布会同时指出，我国疫情防控工作从应急状态进入常态化防控状态，并不意味着防控措施可以松一松、歇一歇。疫情防控工作仍然是当前工作的重中之重，仍然是我们推进社会秩序全面恢复的前提条件。

回首这全国人民同舟共济的两个月，坚守一线的医护人员是最美的逆行者，在我们心中留下了最温暖的背影。

以社区为代表的基层组织，也通过太多人默默的努力，守住了社区这道防线，有效切断了疫情扩散蔓延的渠道，显示了他们的热血担当！

当安宁再次回到神州大地，邢家桥社区也恢复了它的平静。

社区书记谢兰，依然忙忙碌碌地生活在那些越来越信任她的居民中。

端午：指尖上爱的传递

2020年的6月，曾有"火炉"之称的重庆并不热，三天两头下雨，雨后的空气中常常透着沁人心脾的凉爽。

这时节，我国的疫情防控工作，已从应急状态进入常态化防控状态，邢家桥社区的居民们也迎来了他们充满浓浓爱意的端午。

94岁的肖婆婆先是听到门外一阵笑声，然后是社区干部的敲门声，紧接着就闻到了陈艾和粽叶的清香。

2020年端午，在邢家桥社区，还有74名低保户、困难残疾人，和肖婆婆一样，收到了社区送来的粽子。也有一些低保户、计生特扶、优抚家庭代表被邀请到社区，和社区工作人员一起，包粽子、缝香包，让爱与粽叶、陈艾的清香，一起在指间传递。

谢兰对我说，邢家桥社区的端午活动已经有十三年的历史。十三年前，社区志愿者自筹资金，在 7 栋、8 栋的小院，开了十余桌，请社区高龄老年人吃饭，拉开了社区端午传统爱心活动的序幕。

2020 年，因为疫情，只能开展小规模的活动，但小小香包和清香粽叶传递的爱意，大家一样收到了。

"明年端午，我们的楼院花园就建成了，希望到时候我们在那里再包粽子，后年端午，我们的社区广场应该也建成了，我们可以在那里欢聚一堂，就更开心了！"

"邢家桥和人和街道会洋溢着越来越多的爱。"谢兰的眼里写满希冀。

天天发微信问候的谢叔叔

"兰，你今天太累了，带病工作，叔真的很心疼你。"

"小兰，我从微信运动里看到，你今天走了几万步，你不能这么拼，你要注意身体。"

"兰，早上好，祝你今天工作顺利，一定要注意，不能太累。"

谢兰才加谢叔叔的微信几天，每天都能收到谢叔叔的问候，老人像对待自己的女儿一样关心着她。

虽然她也不知道该怎样长篇大论地回复，常常只是简短地回个表情，但她的心里却暖暖的。

"谢叔叔"名叫谢高荣，81岁，邢家桥社区居民，是2020年新当选的第二届"人和好人"中的一名。

谢兰一直叫他"谢叔叔"。

"人和好人"评选活动，是由两江新区人和街道党工委，联合重报都市传媒集团上游新闻，在辖区开展的一项活动。第二届经过推荐活动、网络投票、评委会评审，最终公平、公正评选出十位"人和好人"。

"人和好人"评选活动给"谢叔叔"的颁奖辞是：

自1995年以来，他一直精心照顾着因血管性痴呆、脑梗死后遗症、2型糖尿病、高血压、肢体视力残一级而常年卧床不起的妻子徐小萍。25年里，他用内心的坚守兑现婚姻的承诺；用无微不至的照顾，诠释着"丈夫"两字的内涵；用不离不弃的守候，谱写了一曲爱的赞歌；用责任与使命，抒写了平凡人不平凡的故事，用坚持和执着，诠释了人间最美的真情。

短短的几行字，却是谈何容易的二十五年。

但从他给社区书记谢兰每天发的微信，我们能感觉到这个负重活着的老人，始终心怀一份希望、善意与爱。

"你就像我的再生父母"

每天给谢兰发微信的，其实不止"谢叔叔"。

"我这辈子对不起谁都不能对不起你,你就像我的再生父母,我这辈子都感谢你。"

虽然在不了解情况的人看来，"你就像我的再生父母"这句话，听起来确实很夸张，社区干部为群众付出，也从来不是为了让老百姓对社区干部感恩戴德。

但，这句话确实是张勇超（化名）在微信中所写，也是他的心里话。

张勇超和谢兰同年，都是1969年生人。

他是个艾滋病患者。曾经入过狱，还吸过毒。

据谢兰说，张勇超以前不住在邢家桥，而是住在江北城，1990年代做生意还赚了点钱，后来就染上了毒瘾，接着染上了艾滋病。

因为一些原因，他被捕入狱了。

当他出来的时候，他位于江北城的家已经拆了，他也没有妻子儿女，孑然一身、走投无路、无家可栖。

因为张勇超的哥哥在邢家桥买了房子，所以他就将自己的户口挂在了哥哥家里，从户籍管理上说，成了邢家桥的一员。

那时候的张勇超刚刚出狱，住在厕所旁边一个烂棚棚里，他是个暴脾气，对生活充满了怨怒，逮谁骂谁，对谢兰也是一样地骂。

谢兰了解到他的困境，由社区租了房子给他住，他每月只需付租金100元，又给他申请低保。有段时间还介绍他去当保安，后来因为他高度近视，保安的工作没能干长。

但现在至少他有社区为他租的房子住，有低保。生病时，社区为他申请临时救助，过年时，谢兰又带着社区工作人员去给他"送温暖"。

所以他会给谢兰发那样感谢的微信。

事实上，他每天都会给谢兰发微信。

现在，这个年过半百、孤独无依，只有政府关心的男人，对谢兰充满信任，甚至有时会在谢兰面前"撒撒娇"。

"看吧，这都是我吃的药，你给我报账吧。"他拎着一大包药，来社区办公室，对谢兰说。

"我吃的药更多，你给我报账吧。"谢兰也跟他开玩笑。

"那我把我这根金项链卖给你吧，600元。"他又跟谢兰说。

"600元？6块钱，6分钱我都不要！"谢兰继续顺着他的话跟他开玩笑。

"算了算了,我送你一个茶杯吧。"谢兰拿出一个茶杯送给他。

"他其实就是想我送他一个茶杯,我给他茶杯,他拿着茶杯就乖乖地走了。"谢兰笑着复述那一幕。

"他也好,谢叔叔也好,其实我觉得他们都很孤独。"

夜色中,谢兰的这句话让我有一种莫名的感动。

为在这孤独的人世,心与心的靠近,一个人对另一个人的信任。

免费教拉丁舞的冯老师

"社区要搞活动,你给我找一支拉丁舞曲来嘛,还有,来帮我教两节课。下个月,娃儿放暑假了,我想给他们也组织一个班,到时候你来教他们嘛。"

"没得问题,我来教就是了,你刚才说的前面那个课,我给你找个老师,反正也不收钱。"电话那头回答得很爽快。

一直以来,邢家桥的大人娃儿,都享受免费学拉丁舞的待遇。

况且,这个免费教他们拉丁舞的冯老师,是一个拉丁舞学校的校长,得过四川省拉丁舞冠军,因为擅长跳拉丁舞,所以身材匀称，举手投足都很有范儿。

他叫冯军，以前部队转业分配到长安厂工作，后来因为酷爱舞蹈，从长安厂辞了职，自己办了一个拉丁舞学校，成了"冯校长"。

冯老师以前也住在邢家桥社区，后来搬到了龙湖西苑。

在邢家桥社区住时，他觉得谢兰是个好人，喜欢谢兰这个人，冯军成了谢兰最好的哥们儿之一，即使搬离了邢家桥社区，随时随地，只要谢兰一句话，冯军就会带着自己的拉丁舞曲，来到邢家桥社区，按谢兰的要求，免费给邢家桥的大人娃儿们上拉丁舞课。

即使不是他本人教，是他的朋友或员工，人家看在他的面子上，也不会收钱。

"冯老师都是看谢二妹的面子，经常免费来教我们跳拉丁舞。"

"冯老师觉得谢孃孃是个好人。"

邢家桥的大人娃儿都晓得。

独居老人王久英（化名）

"谢二妹，听说居委会又在发啥子东西呀？"

"发啥子东西我还不给你说喽？你就是我最心疼的人，我心里面最重的人。有啥子优惠政策,我肯定第一个就是给你说。"

"哦,"快70岁的王久英不说话了,信任的目光望着谢兰,"嗯,你对我好,我晓得。以后别人说什么我不听,我就听你说。"

"她这辈子也可怜。"说起王久英,谢兰禁不住感叹,"我1991年、1992年时就认识她,那时候她那个丈夫经常当街打她,扯着头发打。"

"后来四十多岁时,她的独生子死了,吸毒死的。"

"后来找了个李老头,是个退休老头,人很好,李老头前年也死了。"

"王孃孃心肠很好,就是有时候别人随便说一句什么,她都会放在心上,有时自己又哭,又伤心,有时还会骂人。"

"不过我稍微给她说两句,她就像个小孩子一样乖乖的了,她特别相信我。"谢兰说。

在消防室抱着痛哭

经过了旧房综合整治和疫情防控战,邢家桥的居民们都知道谢兰和她带领的社区一班人,是真心为他们好的,都很信任谢兰和社区工作人员。

但仍有个别居民，有时会破口大骂。

李老太婆在自己家门口摆了个麻将摊，有六七张桌子，以前没整治前，房子破破的，大家也无所谓，整治之后，到处都清清爽爽、整整洁洁的，很多居民就觉得李老太婆的麻将摊很影响社区形象，要求城管来给她拆了，城管也就应群众的要求，来把她的六七张桌子收缴了。

这下李老太婆不依了，跑到社区办公室，跳起脚脚，大骂谢兰。

"不是社区收缴了你的桌子。"

"我不管我不管！反正老子就是要找你，就是找你赔！"

然后又是一顿骂。

"你不要骂我妈嘛，我妈都过世了。"

"老子就是要骂！"

旁边的居民劝都劝不住，好几个居民都摇着头说："你们社区做成这样，都还要遭骂，唉。"

那一刻，谢兰心里也委屈到了极点。

终于，李老太婆骂骂咧咧地走了，谢兰也走出办公室，想去卫生间平复一下情绪。

迎头遇到了正要来反映问题的社区居民王定红，谢兰再也忍不住，把王定红拉到消防室，痛哭了起来。

因为觉得在消防室哭，别人听不见。

王定红本来是来反映问题的，看到谢书记伤心成这样，问题也不反映了,马上紧紧地抱着谢兰,安慰她,拍着她的背说:"谢二妹,我晓得我晓得,你确实受委屈了,今天你就抱着我哭个够吧。"

刚刚平息下来的谢兰又痛哭了起来,那天,她就这样抱着王定红哭了两场,哭了整整半个小时,才眼睛红红地出来。

不过她的心里还是得到一些安慰。

毕竟,大多数居民还是心疼她的。

过了几天,李老太婆见到谢兰,又跟个没事儿人一样,让谢兰去把她的桌子拿回来。

关爱弱势群体

邢家桥有不少像张勇超那样的刑满释放人员。

有一家,父亲死后,母亲嫁去了安徽,三个儿子都因为偷盗去坐了牢。

当他们刑满释放后,社区忙着给他们找工作,帮助他们就业,以免他们因为吃不起饭,重新走上犯罪的道路。

如果符合吃低保的条件,就帮助他们申请低保。

现在邢家桥有九户十人吃低保,除此之外,还有一些想吃低保,但没达到吃低保条件的。

谢兰说，对于希望吃低保但又不够条件的，不能直接说"你不够条件！你吃不了低保！"而只能说"我们的政策是应保尽保"，然后把低保相关的政策文件拿出来，一条一条地给居民看，让居民明白自己没达到条件。

换句话说就是，社区工作是人的工作，面对的是一个个有自己情绪的人，所以不仅要帮他们办实事，解决生活实际困难，还要注意和他们说话的方式方法，做到既符合原则，又让他们听着顺耳。

形形色色的邢家桥人

两个老人，一个76岁，一个78岁。78岁的摆了个麻将摊，76岁的去打麻将，78岁的不让他打，76岁的就不让78岁的摆摊。两个老人就吵架了，跑到社区办公室让谢兰评理，谢兰分别安抚了他们两句，两个老人"勾肩搭背"、开开心心地走了。

有一个老婆婆，整治期间，跑到社区办公室跟谢兰"控诉"她家老头子："屋头在整治，灰恁个大，晚上他非要喊我干，我说灰大，不想，他却非要干！你教育一下他！"谢兰听了很想笑，但还是把老头叫来了，和老头、老太婆分别聊了，又和他们一起聊，既像一个心理医生，又像一个妇女问题专家，最后，老两口开开心心地回家了。

有老婆婆"控诉"老头的，也有老头"控诉"老婆婆的，"控诉"的理由是：老太婆把面煮硬了，还把"物证"——一碗面，端到了社区办公室，给谢兰看，恨不得要让谢兰亲自尝尝，是不是真的硬。

这些在别人看来"一地鸡毛"的小事，在谢兰看来，群众愿意来找她，跟她说，让她评理，正说明群众信任她，把她当家里人。

有个老婆婆，精神有点儿问题，天天说自己的衣服被下毒了，后来儿子烦她了，不管她，谢兰给了她200元钱买衣服，她高兴得跟个小孩儿一样。

有个16岁的少年，母亲在坐牢，父亲也坐过牢，疫情期间谢兰发现他家很困难，而且父子俩的矛盾很大。

有一天少年和父亲吵了架，离家出走了，而且自己做主把低保退了，退了一万多元钱，一天就挥霍光了，父亲给他打电话、发微信都不理。

那段时间，那个少年还愿意理谢兰，谢兰就和他在微信里通话，耐心地给他讲道理，让他回来。

……

总之，说起社区那些人，那些事，谢兰一会儿感动，一会儿感慨，一会儿喟叹，一会儿惋惜，一会儿眼里包着眼泪，一会儿脸上又情不自禁泛起笑容。

居民自治

邢家桥社区共 108 栋房子，其中"农转非"16 栋，488 户，除此之外，社区还包含 9 个物业小区，48 栋单体楼。

这 48 栋单体楼无物业，无大修基金，无业委会，堪称"三无"。

2019 年邢家桥社区老旧房综合整治的室内部分完成，室外也基本完成。

到 2020 年国庆前夕，又涉及了社区电线"下地"和按国家新发的文件，进行进一步的老旧小区提升改造。

这个老旧小区提升改造，主要涉及两方面的内容：一是电梯安装，即拿到房地产权证十年及以上，且层高在四层及以上的房屋，经全部或三分之二的业主同意和提出申请，再由专业的电梯安装部门来看安不安得上，如果安装得上，可安装电梯。政府给 60% 的补贴，一个电梯不超过 25 万；二是环境的改造提升。这个包括 2000 年以前的房子，也需要居民自己申请，需先进行摸底和前期宣传。

老旧小区提升改造的两项内容都需要居民同意和提出申请，电线"下地"需要两到三个月，其中"穿线"又会涉及家家户户。

这就涉及一个重要的概念：居民自治。

老旧房综合整治工程让邢家桥绝大多数老百姓都很满意，而"后整治时代"，如何维护这个整治一新的社区，如何管理它，就成了一个新的课题。

对此，谢兰的回答是：居民自治，让居民自己服务自己。

这样居民才能真正具有主人翁意识，才会真正爱惜自己的家园。

如今，在邢家桥，小到栽种一棵树的位置、社区花坛里种什么花、如何整治社区内车辆的乱停乱放，大到要不要安装电梯、低保申请……都是采取社区居民"自己管理自己的事情""大家的事情大家办"的原则。

通过民主协商的方式，邢家桥人共同解决着社区内公共事务和公益事业方面的问题，共同创造着美好幸福的生活。

第八章
"邢家桥之治"与"中国之治"

从谢兰记忆中一片农田的两江新区,到今天正在建设的"智造重镇""智慧名城",两江新区究竟实现了怎样的跨越?

在快速城镇化进程中,它能提供怎样的范本意义?

而在两江新区快速城镇化的过程中,当前的中国,也正处于近代以来最好的发展时期。如果你在四十年前提问,未来的中国是什么样的,可能甚少有人会想到:现在的中国,已经是世界第二大经济体和创新大国。

如何更好地把握世界大变局给中华民族伟大复兴带来的历史性机遇,将中国智慧融入其中?

重庆市两江新区在打造"智造重镇""智慧名城"的进程中,将对这个问题,做出自己的回答。

让我们拭目以待。

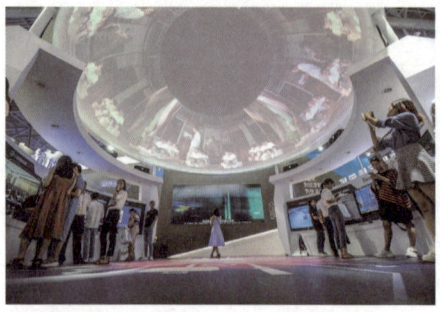

位于两江新区悦来的国博中心（宋芙蓉 摄） 　　两江新区举行的首届重庆国际智博会（熊彩云 摄）

第八章 "邢家桥之治"与"中国之治" | 289

如今的两江新区照母山森林公园(张坤琨 摄)

两江机器人展示中心的小机器人吸引了小朋友们的兴趣

政通"人和"

邢家桥社区，位于重庆市两江新区人和街道。

人和，也是我们这部书的主人翁——谢兰和她的乡亲们，出生和长大的地方。

那么，"人和"因何得名呢？

前面曾提到，人和古名瓦店子，据《江北县志》记载，道光年间，瓦店子大闹水荒，田土龟裂，唯有四口古井——王家井、段家井、万年井、螺丝井终年不枯。这里住了颜、叶、李、蒙四大家族，他们为了取水起纷争，矛盾日益尖锐，时有流血事件发生。重庆有一位名士段大章，在云南做副学政，恰逢他回乡省亲，得知此事，便出面调停："天干数月，人命关天，天赐水源，共渡难关，人以和为贵。"众人闻言自律，排序汲水，不仅悄然平息抢水之纷争，并从此新开平和谦让之民风。"天地与惠，贵在人和"亦成为先贤古训，其后，当地百姓将瓦店子更名为人和场。

在积极构建社会主义和谐社会的今天，我们重温"人和"这个地名的来历，又对"人和"这个词有了更深一层的理解。

"人和"，实际上就是构建社会主义和谐社会的核心要义。

而另一个词，叫"政通人和"，仔细体味这个词的内涵，我们明白一个道理：没有"人和"，就不可能"政通"，政通，一定来源于"人和"。

谢兰们为什么能在老旧房综合整治和疫情防控战中做到"一声令下，使命必达"，为什么能将党和国家对人民群众的关爱政策，不折不扣地贯彻到基层的最后一公里？

靠的就是：以真情赢民心，将社区营造为一个和谐的大家庭。

正所谓：人心齐，泰山移。

正是通过发挥党员的带动力、社区工作者的服务力、网格队伍的渗透力、志愿者的影响力，谢兰才拥有了无穷的力量。

和谢兰一样，在那几年，无论拆迁工作再难，人和的基层干部们始终秉承"天地与惠，贵在人和"的古训，坚持敬畏土地与善待乡亲。"无论是百日攻坚、决战决胜还是扫尾清场，我们都做到了和谐拆迁。"曾任人和街道党工委书记的蒋兴益说。

不论在邢家桥社区，邢家桥社区所处的人和街道，还是在人和街道所在的两江新区，每一位基层干部的奋斗目标，都是为了建设更加和谐幸福的未来。

"乡土人和"城市化的启示

曾经的人和地处城乡接合部，临近主城，加之自身农业发达，地里的粮食、喂的猪、养的鱼、种的花，拉到城里都不愁卖。当时人和还在渝北区率先实现免交农村统筹提留和农业税，率先实现村村通公路，社社通摩托便道。

现在，打开地图，你会发现：重庆最早开发的楼盘锦绣山庄、新牌坊电信大楼、龙湖西苑等，都在人和街道辖区内。不错，人和正是重庆主城向北的原始点。

"人和人从农民变成了市民，社区住房取代了农村砖瓦房，现代化学校取代了乡村小学，彩色电视取代了黑白电视，小汽车取代了自行车摩托车，现代化城市建设取代了落后的乡村建设。"今年69岁的李中华生在人和，长在人和，工作在人和，先后担任过渝北区龙溪乡副乡长、礼嘉乡党委书记、人和镇镇长、人和街道宣传委员等，他用这样六句话概括了人和的巨变。

这六句话，是"重庆向北"的过程，也是两江新区从农田变为城市的过程。

"在'乡土人和'时代，家家户户的收入都看得见，手里有粮，心里不慌，谁会愿意放弃安宁的日子呢？"

人和街道前党工委书记蒋兴益，曾在渝北区计生委工作，

2001年,他调到人和街道,至今快二十年了。和李中华一样,他也见证了人和街道的沧桑巨变,还参与了人和街道的城市化进展。

蒋兴益明白,城市化进程将打破"乡土人和"长久以来的生活习惯,"大家都很恐惧,况且,失去了田地,也意味着他们赖以生存的农业技能,没有施展之地了"。

于是,村民对征地的态度,曾经由一开始的欢天喜地,变成冷眼相待。

在彼时的人和,流传着这样一首民谣:种了三年菜,担了三年砖,修了三层楼,住了不到三年,今天要拆迁……

"拆迁中的难和苦,几天几夜都说不完,"回忆起当初的拆迁历程,蒋兴益叹了口气,"老百姓当然舍不得自己家,自己的土地,那是他们一生的情感。"

"乡土人和"的城市化进程,在我国绝非个案。

从农业向工业转变,从乡村社会生活向城市社会生活转变,是社会发展的必然趋势。在中国的整个现代化、城市化进程中,亿万群众"洗脚上岸",告别乡村,进入城市生活,农耕文化遭遇了前所未有的挑战。在这种时代的浪潮里,小到人和,大至整个国家,都在经历转型的阵痛。

如何让城市化进程中的老百姓,树立对未来的信心?

如何建设和谐稳定的新城?

只有实实在在让老百姓的生活得到保障。

"对于'小',政府让所有'农转非'子女的义务教育阶段学杂费全免;对于'老',我们积极争取养老保险;对于中间层的老百姓,我们提供了一系列'农转非'群众职业技能培训……"

在基层干部的不懈努力下,人和,为"重庆向北"奉献出一片又一片土地。

彼时的人和,大部分是乡村和荒野;如今的人和,高楼林立,公园密布,处处繁华都市光景。

如同人和是中国城市化进程中的一个小小缩影,刑家桥社区老旧房综合整治,在当今中国社会的发展中,同样具有普遍的代表意义。

因为,历经改革开放四十多年的中国,城市化中新城区拓展与老旧小区改造需求并存。我们既有乡村振兴这样的大任务,也面临城市更新这样的大课题。如何更好地处理高速工业化、城市化进程中老旧小区的更新与发展问题,已经是一个重大的民生问题和战略问题。

基于此,2019年,人和街道以"不忘初心、牢记使命"主题教育的开展为契机,切实推进邢家桥社区安置房整治工程。通过社区工作者的不懈努力,居民由不支持变为支持,从不理解者变为志愿者,年代久远且脏、乱、差的安置房,正一步一步变为宽敞、洁净的花园洋房。

基层整治的金钥匙：以人民为中心

城市社区工作特别是老旧社区工作之难，难在主体多元、利益多元、观念多元、诉求多样。但只要心里有情，心里有群众，把以人民为中心的思想落到实处，就能"九九归一"，取信于民，推进工作。

谢兰们为什么能把党的领导、依法治理和基层民主治理结合起来，并赢得人民的支持与信任呢？

重庆城市治理、社区治理体系中的这个故事，又为什么感人至深？

因为她找到了一把新时代城市工作、基层治理的金钥匙！

这把钥匙，在主题教育中绽放光芒。这把钥匙，就是以人民为中心。很多群众说，我们不是被谢兰说服的，而是被感动的。

正是因为不忘初心，付出真心，谢兰们才获得了民心，赢得了信心，做到了取信于民。

正是因为怀着这份"你心里装着群众，群众心里就装着你"的朴素情怀，谢兰们才最终化解了一道道难题，融化了一块块坚冰，不仅成功推进了社区治理改造，而且密切了党群、干群关系。

党的十九届四中全会，向世界发出了开辟"中国之治"新境界的豪迈宣言。

实现"中国之治"新境界,基层治理是基础。"邢家桥之治",正是"中国之治"中基层社会治理的生动案例。我们给谢兰点赞,就是因为她找到了一把基层治理的金钥匙:以人民为中心。

无疑,这对开辟"中国之治"新境界意义重大,对于党的城市工作、社区治理意义重大,对坚持和加强党的全面领导,同样意义十分重大。

基层党组织的战斗堡垒作用

如果说"以人民为中心"是谢兰找到的基层整治的一把金钥匙,那"为人民服务"就是她的初心,因为她是一名共产党员。

谢兰是 2005 年入党的,她在老旧房整治和疫情防控战中的一切作为,都是因为她坚信自己在党旗下的誓言,也相信邢家桥有很多和她一样的党员笃信着党旗下的誓言。

不论是老旧房整治和疫情防控中为民服务的真心、诚心,还是解决问题的耐心、细心,都是谢兰为民谋福祉的初心。

而对于广大基层党员干部来说,开展主题教育,"不忘初心、牢记使命",就是要充分发挥基层党组织战斗堡垒作用和基层党员先锋模范作用,像谢兰一样把开展主题教育同保障和改善民生等各项工作紧密结合起来,把解决群众最关心的事,最烦心的事作为突破口,以各项工作实效来检验主题教育成效、检验党员干部的初心。

"居民自治"的意义

谢兰感动了她的居民们,赢得了他们的信任,靠的是一个"情"字。

但又不仅仅是一个"情"字。

应该说,在她和她的社区居民的故事中,既有情感链,又凸显了方法论。

而"居民自治",就是方法论之一。

社区居民自治,是社区居民在社区内实行民主选举、民主决策、民主管理、民主监督,实现社区居民自我管理、自我教育、自我服务,按照社区居民"自己管理自己的事情""大家的事情大家办"的原则,通过民主协商的方式,共同解决社区内公共事务和公益事业方面的问题,共同创造美好幸福生活。

居民自治是城市基层管理中很重要的环节。可以说,只有居民主动参与并管理好自己的事情,作为城市管理重要平台的社区,才有可能在全面建设小康社会的过程中，发挥出应有的作用。

加快城镇老旧小区改造，群众愿望强烈，涉及民生福祉人心向背，是重大民生工程。据各地初步摸查，目前全国需改造的城镇老旧小区涉及居民上亿人，量大面广，情况各异，任务繁重，邢家桥社区便是其中一例。

邢家桥社区在安置房综合整治过程中，从动员会、院坝会，问卷调查、定点收集意见，入户走访、家家走访、反复走访，到一户一策，样板房示范，装修材料选用的每一种材质，甚至电线插座的安装位置，都充分进行民主讨论，不厌其烦地听取群众意见，充分体现了人民当家作主的民主本质，是基层民主治理的生动范例。

在疫情防控战这场没有硝烟的战争中，邢家桥社区同样是全面落实联防联控措施，汇聚群防群治的强大力量，才实现了排查排摸全覆盖，做到了引导居民加强防护，筑牢了疫情防控网，打赢了疫情防控战这场硬仗！

"政府为主导，居民为主体，群众的事由群众商量着办，共商、共建、共治、共享，才能实现政府治理和社会调节、居民自治良性互动，才能夯实基层社会治理基础，才能把居民的事情办好、办妥。"现任人和街道党工委书记甘敬鸣这样说。

两江愿景与中国愿景

我们的故事就要结束了。

在这个故事快要讲完的时候,我们这个故事的发生地——重庆市两江新区,正在发生着日新月异的变化。

作为中国内陆首个国家级开发开放新区,两江新区正全力打造智慧之城,助力重庆建设"智造重镇""智慧名城",探索高水平开放的新路径,打造高质量发展的新引擎,也给市民带来高品质生活的新体验。

这里是一座开放之城。

以果园港、两路寸滩保税港区、悦来国际会展城等开放平台为核心,两江新区拥有一条全球化的供应链和成熟的国际物流体系。一颗咖啡豆、一台笔记本、一辆汽车,都可以通过果园港以及寸滩港、空港等水、铁、公、空多式联运体系,快捷到达全球市场。来自20个国家的超5万件异域商品,汇集在位于两路寸滩保税港区的"一带一路"商品展示交易中心,人们在两江新区就能买到全球好物。

这里是一座智慧之城。

在中国首个智慧公园礼嘉智慧公园,无人驾驶乘用车穿梭在路上,智能设备随时监测温度,机器人奏响动听的音乐,智慧生活无处不在。作为智博会永久会址,悦来国际会展城用"智慧"赋能会展场馆,打造重庆面向全球的城市"会客厅"。两江协同创新区位于湖光山色之中,汇聚20多家一流高校和科研院所,未来将搭建公共空间全覆盖的"五分钟科研生活圈""十分钟生态体验圈",彰显山水之美与科技之美的融合。

重庆市委常委会更是于2020年11月18日召开扩大会议,审议了推动两江新区做大做强、实现高质量发展的意见。会议指出,习近平总书记对两江新区非常关心、寄予厚望。

会议还指出,党的十九大以来,两江新区开发开放取得重要进展,为全市发展大局作出了积极贡献。要进一步提高政治站位、战略站位,更加注重从全局谋划一域、以一域服务全局,抓住用好成渝地区双城经济圈建设重大机遇,着力打造高质量发展引领区、高品质生活示范区,在融入新发展格局中展现新作为。要在打造创新引擎上当好表率,加快集聚高端创新要素,推进关键核心技术攻关,拓展智能化应用场景,优化创新创业生态。要在深化改革开放上下多下功夫,推动更深层次改革、更高水平开放,创新完善管理体制,打造市场化法治化国际化一流营商环境。要在推动实体经济高质量发展上走在前列,大力发展先进制造业和现代服务业,推动产业链供应链优化升级,提高经济质量效益和核心竞争力。要在促进区域协调发展上干在实处,充分发挥对主城都市区发展的引领作用、对"两群"发展的带动作用、对成渝地区双城经济圈建设的联动作用。要在加快城市治理提升上贡献力量，注重功能配套，推进产城景融合，提高人民生活品质，打造国际化绿色化智能化人文化城市样板。全市各级各部门要加大支持力度，为两江新区做大做强、实现高质量发展创造良好条件，共同推动各项政策落地见效。

从谢兰记忆中一片农田的两江新区，到今天正在建设的"智造重镇""智慧名城"，两江新区究竟实现了怎样的跨越？

在快速城镇化进程中，它能提供怎样的范本意义？

而在两江新区快速城镇化的过程中，当前的中国，也正处于近代以来最好的发展时期。如果你在四十年前提问，未来的中国是什么样的，可能甚少有人会想到：现在的中国，已经是世界第二大经济体和创新大国。

如何更好地把握世界大变局给中华民族伟大复兴带来的历史性机遇，将中国智慧融入其中？

重庆市两江新区在打造"智造重镇""智慧名城"的进程中，将对这个问题，做出自己的回答。

让我们拭目以待。

附录　感言手写稿（谢兰等）

　　从办公室到2楼关有5分钟的路程，那一天我走了足足有20分钟。一路上不停地有医生向我表示关怀，也有关心我病情的。到了2楼，我找到郑医生，哭诉求他们帮我解决吧。

　　那时候，因我之前的路上手术缝了3针的伤口崩裂了，医生不断地拉针线，衣服被渡湿了一大片，痛得钻心，我给医生说："你轻轻给我缝针吧，可不可以给我多打点麻药。"

　　医生毫不留情地将我骂了："连这命都不要了还怕这点痛？再没缝合伤口，那皮打再多的麻药，都无济于事。"

　　很多时候我都是在强撑，怕让大家看到我还在坚持，还在想办法克服困难。我在想一旦某我倒下，他们是否还能坚持下去？

　　　　　　　　　　　　　谢兰

我这个女儿，今年多灾多难，两次入住西南医院，接受重大手术。作为父亲，我非常心疼，常想让她退休。看了工程现场，我的想法没变了。这个工程涉及几百户人，大家意见、建议肯定很多。要解决这些问题，需要她扎扎实实实去努力。

谢兰之父 谢培年

如何把民生工程变成民心工程，谢兰书记给了我们最好的答案。在采访时，她的敬业、乐观、坚强令人钦佩。她和社区同事、居民的感情让人动容。每个房子背后都是一个家庭的幸苦与不易。谢兰书记正是想到了这些，才能成为群众的好书记。

人民日报记者 常碧罗

我不知道该怎么说谢兰这个人，她好像是个用特殊材料做的"铁人"！叫她休息，她也不听。第一次手术出院，她忙着跑工地，伤口都裂开了……

邵家桥社区老书记 邓美海

我到现在都还记得谢兰第一次给我们做动员的情景。我们几十个人将他们2个人围围困住，不停地施加压力，把多年的怨气都发泄到了他们身上，各种不好听的话都砸向他们，甚至有人故意将大粪谢到社区，想阻止施工。谢书记没有被我们的阵仗吓到，一遍一遍解释、劝导，她那并不高大的身躯好像有用不完的力气，我被震住了。
　　　　　　　　　　　　　——居民 樊国平

　　我对谢书记没过去话，现在想起来没有感激。人在气头上，说的都是狠话。我说谢书记，你这么积极，是不是为了走动。升官了。后来看到改造装完成的样板间，我才明白谢书记确实是为我们好。
　　谢书记让我们明白，党和政府很关心我们，以后的日子，我们真的一定会越过越好。
　　　　　　　　　　　　　　　　居民 梅向华

楼道改造用棉，来抓功改造的那些年轻都跪不起棒打，天冷上钻下坑的困。他们做车机从来没机，并来能酒边从来不明疼腰，一有休息，他们就趴着睡一下。
　　　　　　　　　　　　　　　　居民 任永荣

谢书记的心里装的就是这个工作。有时候我觉得工作太难，夜里睡不着，默默流泪，第二天看谢书记，她也红着眼睛……

邢家桥社区主任　许发静

　　我知道整治是一件困难的事，她在平凡的岗位上做出了不平凡的事。很早以前，美清书记也邀请我进入社区，但是我知道自己干不了这门工作，这份工作太辛苦，太累，还会经常被人骂、被人吵，不适合我。我很感动，也很感激，在我的生命中有这么伟大的人物，她看似平凡，但是在我们的心里特别伟大。

居民代菊

　　我从来没想过，咱们棚户区到这么好的效果。我是一名党员，我真的看到了这种情况，心里没有抢头大的感觉。因为居民都说，重冶且真幸福的事面。现在不用愁，且做得好。谢书记带领坚持工作。她对邢家桥尽心尽力，从内心里向她学习。

党员　张义三

都说"一个好汉三个帮",社区干部们很关爱,好样的!我想在祖祖不弃不离,永远永远一定伴她们。

居民陈身怡

说实话,在这次整治中,谢书记带领大家深入居民走访,不知道流了多少汗,多少泪,大家都记不清了,心中只有一个念想,不管有多大的困难,一定要把工作做好。终于,功夫不负有心人,终于化解了难题,融化了坚冰,赢得了居民的支持和信任。在以后的工作我们以谢书记为榜样,要不忘初心、牢记使命,干好自己的本职工作,做一名合格党员。

党员栗道泉

后　记

"谢兰们"的探索正发扬光大

习近平总书记指出,一个国家治理体系和治理能力的现代化水平很大程度上体现在基层。基础不牢,地动山摇。要不断夯实基层社会治理这个根基。

这本书即将下厂付印了,这时,正是草长莺飞的人间四月天。两个多月之后,就将迎来中国共产党成立100周年的伟大诞辰。

"学党史、悟思想、办实事、开新局",就在全国上下如火如荼开展党史学习的2021年,初春时节,在这本书中故事的发生地——重庆两江新区人和街道邢家桥社区,"小院大讲堂"也正式开课啦。

与常规宣传座谈的不同在于,本次宣讲将"室内课堂"搬到"室外讲堂",由"面向党员"向"面向群众"转变,打造党员群众身边的"微课堂",增加了党史学习教育的亲和力和感染力。"小院大讲堂"第一课结合百年党史学习,邀请人和街道红岩文化史料研究中心厉华老师,为辖区居民带来了一堂生动的党课。"小院大讲堂"只是邢家桥社区开展党史教育的第一步。未来,社区将把这种创新形式、创新方法的教育常态化。从内容部署上深入挖掘身边的历史人文资源,不断丰富"小院大讲堂"内容,为辖区居民送去一道道丰盛的文化大餐。从形式引导上坚持开门搞教育,改变社区人文风貌。从效果发挥上立足这种开放式教育,以党史促活力,以党史启发群众、号召群众、感染群众,将党史的精神内化成改变社区的实际行动,让社区成为居民放心、安心的港湾。

历史、现实、未来是相通的。我们对党的历史有深切的了解,是为了做好今天的工作,承担起明天的使命。

在两江新区,有不少街道、社区一方面正在从学党史中汲取精神和力量;另一方面,在现实中,也正在被谢兰的精神所感召。

金山街道民心佳园是重庆市著名的公租房项目,也是重庆市首个公共租赁住房项目,一共55栋,5万多居民,其中独居空巢老人有120户167人。他们的年龄都在65岁以上,有的身有残疾,有的患有慢性病……好在,这里有一群志愿者,叫"幸福来敲门",160多名志愿者和社区120户空巢独居老人基本实现了"一对一"帮扶,让经济不宽裕的独居老人们,没有成为被遗忘的孤岛。

金山街道奥园社区则是将独居和空巢老人组织起来,一起学习如何种出绿色、可爱的"肉肉"植物。社区采取"社区两委引领、社会组织参与、社工专业支撑"的联动模式,以满足居民需求为导向,创新服务手段,拓宽服务内容,把矛盾纠纷化解在小区,助推社区党群干群关系密切、邻里之间友善诚信、物业与业主相互支持。

在两江新区翠云街道办事处,社区居民通过工作人员上门服务和"坝坝"办公服务,实现了办事不出楼栋,办事不出小区。他们的"打造社区线上线下综合岗,创新社区多元共建微治理",被评为2020年重庆市城乡社区治理创新优秀案例。

可以说,在中国内陆第一个国家级开发开放新区——重庆两江新区,正涌现出更多的谢兰。

不止两江新区,2020年初重庆市政府在老旧小区改造和社区服务提升工作会上确定,将从2020年起,通过三年时间,到2022年,将全市7394个老旧小区项目、1.02亿平方米的改造任务全部纳入改造范围,并形成持续推进老旧小区改造和社区服务提升长效工作机制。

在全国，党中央更是站在全面建设社会主义现代化国家、实现中华民族伟大复兴中国梦的战略高度，对进一步提升城市发展质量做出了重大决策部署。据各地初步摸查，目前全国需改造的城镇老旧小区涉及居民上亿人，量大面广，情况各异，任务繁重。中央高度重视，正全力以赴，深入推进老旧小区改造。

可以说，谢兰们关于社会治理、基层治理的有效探索，正是区域治理、城市治理中的制度化探索，正在为党中央出台更好的举措，做出自己的来自基层的摸索。

基于此，为了及时提炼和总结"谢兰精神"，探索城市更新，将好的经验做法上升为优秀理论成果，指导基层社会治理实践，一同绘就基层治理的和谐画卷，2021年2月2日，两江新区党工委和《重庆日报》社在人和街道办事处联合举行了两江新区城市更新行动与党的建设、基层治理座谈会。同时，宣布在邢家桥社区建立"重庆日报（两江新区）理论调研基地"。来自重庆市社会科学联合会、重庆市住房城乡建设委员会、中共重庆市委党校、重庆社会科学院、西南政法大学、四川美术学院、重庆文化创意产业协会等单位的领导和专家学者与会，深入分析邢家桥社区城镇老旧小区改造与基层社会治理的鲜活案例，共同探讨如何寻找城市更新与党的建设、基层治理中的"金钥匙"，以期为两江新区加快建设成为国际化、绿色化、智能化、人文化的现代城市样板提供实践经验。更为重要的是，这次研讨会把邢家桥社区的好做法、好经验，进一步加以总结和提炼，形成规律性认识，彰显理论创新价值，以便更好地为探索城市有机更新、基层治理与加强党的全面领导做出更大的贡献。

与会专家们认为，中央有部署、市委有安排、两江有行动。邢家桥社区老旧小区综合治理的顺利完成，是习近平总书记"以人民为中心"思想的胜利。正是全党不忘初心，两江新区党工委下定决心，把一、二阶段的主题教育紧密结合起来，与党史学习教育活动结合起来，上下联动，一体规划，一体安排，为谢兰们的努力创造了便利条件，谢兰们才有了信心，最终让民生工程赢得了民心。

重庆市委书记陈敏尔曾经强调，实施老旧小区改造是落实以人民为中心发展思想的具体行动，是加快补齐城市发展短板、提升城市功能品质的重大举措。重庆市委常委、两江新区党工委书记段成刚也曾在调研人和街道、天宫殿街道时指出，开展社区环境及老旧小区整治改造既是民生所需，也是发展所需。新区广大党员干部要自觉践行党的根本宗旨，集中全力抓好这项民生工程，切实解决好群众的操心事、烦心事。

在两江新区党工委和《重庆日报》社联合举办的研讨会举办一个多月后，2021年3月24日，重庆市委副书记吴存荣赴两江新区调研基层治理工作。在两江新区人和街道邢家桥社区、鸳鸯街道白鹭社区，吴存荣实地了解基层党组织建设、党员作用发挥、危旧房改造、消防安全、矛盾化解等情况，并与街道、社区干部座谈。他指出，基层干部要多想办法、多出实招，创新群众工作方法，用心用情用力解决好就业、住房、养老、公共卫生等民生问题。基层治理是一项系统工程，要加强党的领导，强化顶层设计，整合各方资源，整体联动协同，合力打造共建共治共享的治理新格局。

最后，我要特别感谢两江新区党工委组织部、宣传部，人和街道党工委办事处等单位以及《人民日报》、新华社、《重庆日报》、"江小妹"宣传团队等媒体为我的写作提供的巨大便利。正是媒体深入的报道，为本书的写作提供了丰富的素材和启示。此外，书中难免有遗漏之处，敬请读者谅解。

赵域舒
2021年4月15日